花人心

伊野啓三郎 著

鉱脈社

発刊に寄せて

渡辺　綱纜

世の中にエッセイを書く人は多い。エッセイストを職業としている人もいる。

これまでに、沢山の人達のエッセイを読み、楽しみ、心の糧にもしてきた。

しかし、いろいろ読んだ中で、伊野啓三郎さんの文章ほど、心を打たれた作品は少ない。

みやざきエッセイスト・クラブ会員の作品集「ノーネクタイ」を創刊して、次の号から
もう少し会員を増やそうということになり、私が最初に声をかけたのが、伊野さんだった。

伊野さんとの長い交際で、私は、その感性の豊かさに惚れ惚れとしていた。

恥ずかしそうに伊野さんが持参した原稿が、「チャッピー　愛の別れ」だった。愛犬の死を綴ったエッセイだが、読後の感想は、「これが本当のエッセイだ」ということである。

一頭の犬の思い出に、全身全霊をぶつけて書いている。悲しくも、さわやかな、愛情にみちあふれた物語である。

それから、毎号のように登場する妻美智子さんの介護に尽くした逸話は、「よくぞここまで」と、涙なくしては読めなかった。まさに「男の鑑《かがみ》」である。

思えば伊野さんとは、私が宮崎交通に入社して間もなくからの交際で、五十八年も親しく接している。

広告代理店の「文宣」に入社してすぐ、宮交本社に挨拶に来た時の伊野さんは、痩せてヒョロヒョロとしていて、アメリカの進駐軍払い下げのシャツとズボンを短くして着ていた。その次に来た時は、社長からもらったというお古の背広を着ていたが、ダブダブで、まるで洋服が歩いて来るような印象だった。

だが、御本人は少しも気にせず、宮崎の観光の将来は、宣伝を一工夫も二工夫もすることだと、小さい声ながら熱っぽく語って帰って行った。

私が伊野さんのために、何かしたい、何か大きな仕事を一緒にしたいと、自分も新入社員の分際ながら、真剣に考えるようになったのも、その時からである。

「花人心」という、いかにも伊野さんらしい標題がついて、鉱脈社の丁寧な構成と編集で、「伊野啓三郎エッセイ集」が処女出版されることになり、改めて読ませていただいたが、今更のように、エッセイと真正面から向き合う、伊野さんの真摯な態度に感銘した。

伊野さんは、恐らく何度も何度も、それこそ数え切れないほど、推敲を重ねている筈である。だから全く無駄のない珠玉のごとき文章となる。自分が何を書いて、何を訴え、どんな共感を求めているか。自分で自分に問いかけながら書いていることがよく分かる。

文中に登場する人も、知った人が多いが、伊野さんの人生を支えてきた大切な人達ばかりである。そういう人達への感謝の念も忘れていない。伊野さんのやさしさ、こまかい心使い、それらをしみじみと感じるのである。

少年時代を外地で過ごし、引揚者となり、故郷天草を去って、宮崎に移住し、一から出発した伊野さんならではの人生の苦労が、随所に生かされている。

まさに、「花あり、人あり、心あり」だ。

伊野さんも、来年は米寿を迎えるが、これからもずっとずっと、元気でいて欲しい。そして、花も実もある人間の生きざまを書き続けていただきたい。それが、私の心からの願いである。

伊野さん、『花 人 心』の御出版、本当におめでとうございます。

二〇一六年早春

（わたなべ　つなとも　宮崎県芸術文化協会会長）

エッセイの深さとは――『花 人 心』に寄せて

杉谷 昭人

文学に少々携わっている者として言うのも何だが、作家とか詩人の書くエッセイには、どうしても作為というか、何となくウソっぽいところが出てくる。事実をモチーフとすべきエッセイにはあってはならぬことだが、自分の想像力の誘惑に負けてしまうような弱さが感じられることがしばしばある。

その点、実業界の方々の書かれるものには外連《けれん》みがない。はったりやごまかしがない。日本経済新聞の「私の履歴書」はその好例である。どなたが登場されても好評であったし、この企画は戦後のエッセイの歴史にとって最大の収穫のひとつであったと言ってよい。宮崎県なら、岩切章太郎（宮崎交通社長）、宮永真弓（宮崎日日新聞社長）両氏の著作など、今も読み継がれている。渡辺綱纜さん（宮交シティ社長）にも名著がある。

いまここに伊野啓三郎さんの『花 人 心』が現れて、私はその思いを新たにしている。

まず何よりも文章が簡明である。短いとか単文つづきであるという意味ではない。語法が正確だから、読む方は文脈をとらえそこなうことがないのだ。加えて、対象を把握する態度は五感に忠実で、無用の想像をきびしく排除している。序章の「やぶ椿」は伊野さんの引揚げ体験記だが、そのような意味で、後につづく作品の多様な展開を暗示しているかのようである。また同じく朝鮮半島からの引揚者である私にとっては、上陸した港こそ異なるものの、その日本の風景はなつかしい。

さて、本文については内容を読んでいただく他はないのだが、私個人としては、このようなことを考える。まず壱の章では、美智子夫人を亡くされた折の体験が描かれているのだが、愛のかたちをこれほど自然に、何の衒《てら》いもなく表現されたエッセイを私は知らない。最初の妻をリウマチで喪っている私としては、自らへの悔恨とともに伊野さん御夫妻への羨望を覚えるばかりだ。

弐の章には、伊野さんが長年パーソナリティを務めているラジオ番組の話で、戦後の洋楽のいろいろが紹介される。このラジオを聴いていればなおのことだが、50年代の「S盤アワー」で育った私にとっては、自分の成長史、精神史の一部として読んだところだ。伊野さんの独特の語りには多くのファンがいると聞く。そして、参の章には、伊野さんの関心の多様多彩さを一気にぶちまけられたような、面白いテーマが並んでいる。これだけ書きながら伊野さんの筆に英文調というか飜訳調がほとんど見当たらないというのも、私が感服していることのひとつである。最後に肆の章がきて、祖父の思い出と生誕地である韓国仁川市再訪の記で終わる。

読み終えて思うことは、私たち人間にとっての教養の意味である。知識、学歴、社会的地位や名声など、そのようなものを取り去ってなおその人の心の奥底にしっかり根を下ろしてたじろがぬものの深さである。伊野さんのエッセイには、その深さがある。伊野さん本来の好奇心、探求心、そして何より美智子夫人と共に歩んでこられた年月が、その深さを可能にしたのであろう。

それは同時に、すべての人にひらかれた道である。そんなことを語りかけてくる伊野さんの『花 人 心』である。

（すぎたに　あきと　詩人）

目次

エッセイ集　花人心

カバー・扉絵　毛利　睦子（女流画家協会会友）
題　字　　　小坂　且子

エッセイ集

花人心

序の章

やぶ椿

二〇〇一年、新世紀の幕明けまで、三十数カ月を余すのみとなった。多くの人達は、「二十一世紀」に生きる喜びの中から、近未来への期待に大きく胸をふくらませている。

そのような中で、スピードを全開して、二十一世紀へとまっしぐらに進んでゆく今日の姿に逆行して、日本人の心に刻み込まれた美しい過去の出来事や、戦前、とりわけ戦中や戦後の身近に起こった歴史が、まるで走馬灯のように、後へ後へと走り去って風化しつつあるさまは、なんとも言いようのない淋しさを感ぜずにはいられない。

戦後の日本に引き揚げてきたのは、早いもので五十二年も前のことになる。初めて出会った「やぶ椿」の素朴で美しい真赤な花が、祖国日本、故郷天草との初対面の強烈な印象であった。今でもその感激がフラッシュバックして、心の中をよぎってゆく。

一九四六年二月十日の夜明け、母国へ急ぐ引き揚げ船、興安丸が、対馬海峡を過ぎて間もなくのことだ。水平線の彼方に、日本の山々がおぼろげに浮かんで、刻々と朝もやをついて姿を見せてきた。心に描いていた、まだ見たことのない祖国、初めてこの目で確かめた故郷日本、感動の涙が溢れて止まらなかったことが、心の底から熱く蘇ってくる。

旧朝鮮の生地、仁川市を「チョッパリ」「チョッパリ」と、心ない一部の朝鮮人の群衆に罵声を浴びせられながら、貨物列車で慌ただしく立ち去ったとはいうものの、生まれ故郷への愛着、思慕は捨て難いものがあった。つい先刻までは、そんな思いの心が胸中を半分、まだ見ぬ日本への期待の心が半分、ゆきつもどりつの、いつわらざる心の動きであったが、夜明けの海の向こうに、朝日に輝いた緑の島が大きく横たわっているのを見た瞬間、中途半端な心に、大きな区切りができたことだった。祖国を目の前にして、新たな心の誕生であり、出発の喜びであった。

上陸地の山口県仙崎町は、今では「青海島」で有名な観光地であるが、当時はひなびた小さな漁港の町だったように思う。今でいうボランティアのような、親切な地元の方たちの荷馬車にゆられて、すぐ隣の正明市町に運ばれた。割り当てられた民宿の庭に植えられていた夏蜜柑の木に、枝もたわわに実った大きな実は、黄金色に輝いていた。素朴な日本の美しさを垣間見た思いがしたものだった。生まれて初めて見た、美しさだった。

漢詩の中の有名な詩のひとつに、杜甫の「春望」がある。

国破れて山河在り
城春にして草木深し
時に感じては花にも涙を濺ぎ……

と詠まれているが、戦いに敗れ、都は無残にも破壊されたが、山や河は、ちゃんとそのままにある。街に春が巡ってきて、花や木が深く生い茂っている。時のなりゆきに気持ちを揺さぶられ、美しい花を見ると涙がはらはらと落ちる。

そんな光景が敗北の引き揚げ者である心に重なりあって、多感な胸の中を去来したことだった。

正明市町での数日間を過ごした後、それぞれの家族同士が、再会と健康を祈り合い、名残りを惜しみながら、目的地の故郷へと向かった。正明市町を出て、下関、門司港を経て博多駅までの道中は、混乱した当時の交通事情の中で、途方もなく苦難の旅であった。疲れ果てて、翌朝始発の長崎本線の列車を待つ時間は、今まで経験したこともない長い長い一夜だった。

引き揚げ者でごった返す博多駅のコンコースで新聞紙を敷いて、体を寄せ合って休んでいると、足の踏み場もない雑踏の中を縫うように、一人の青年がバイオリンを片手に近づいてきた。うす汚れた旧陸軍の外套を着た青年は、やがて周囲の目を気にすることもなく、無表情にバイオリンを弾き始めた。

からたちの花が咲いたよ
白い白い花が咲いたよ……

この道はいつか来た道
嗚呼そうだよ　アカシアの……

なつかしい日本の歌曲が次々と演奏され、哀愁に満ちたバイオリンの音色に心をひかれた。夜明けの列車を待つ、引き揚げ者で溢れた博多駅のコンコースは、いつのまにかしわぶきひとつない、静寂のコンサートホールとなった。一人の心優しそうな青年の弾く、日本の心を映し出した数々のメロディーラインに、感動し、聴きいったことだった。

やがて、聴衆の引き揚げ者の一人一人の顔に、安らぎと温もりが感じられた。何と素晴らしい日本の姿なのだろうか、日本に帰り着いて本当によかった……誰の目にもうっすらと涙が滲んでいたのが、今でもはっきりと目に焼きついて、瞼に浮かんでくる。

内地の地理に不案内なことから、特にお願いして同行してもらった仙崎町の屈強な青年二人のお蔭で、長崎市郊外の茂木港から最終目的地の天草行きの連絡船に、全財産ともいえる荷物をぎっしりとつめこんだ大きなリュックともども、無事に乗船できたのは、幸運なことだった。

雲仙岳を指呼の間に望みながら、船上から眺める穏やかな天草灘は、遙か東シナ海に続く水平線の彼方まで、さざ波がキラキラと太陽に輝いて美しかった。

生後間もなく、両親に抱かれて朝鮮に移住した母にとっても、故郷天草は、初めても同然の里帰り。思いをはせながら、心を弾ませていたのが、皆の心にありありと伝わってきたものだ。

やがて、独りデッキに出て、波濤の行く手に目をやると、仁川中学時代に漢文で親しんだ「頼山陽」の漢詩、「天草灘に泊る」が目の前に大きく浮かんできた。

雲か山か呉か越か
水天髣髴青一髪
万里舟を泊す天草の洋
煙は篷窓に横たわって

日漸く没す
瞥見す大魚の波間に跳るを
太白船に当たって明月に似たり

かつてこの詩を識った時、故郷の姿を想像しながら、この雄大な詩が故郷で詠まれたことに、大いなる誇りを感じたものだった。

天草灘に向かって、思いきり叫ぶように朗詠したことが忘れられない。

三時間ほどの穏やかな船旅は、心地良く、天草北端の港町、富岡町に着いたのは、天草灘に西陽が傾く夕暮れ時だった。山口県正明市町を出発して二日ぶり、その夜は旅館で、やっと人間らしさを取り戻した一夜を過ごすことができた。

二月三日、節分の日の朝、仁川を出発して十日余り、目的地の故郷に近づくことができた緊張感の解放からか、遅い目覚めであった。

ひなびた船宿の二階の廊下の障子を開けると、眩しく射し込む朝日が、すぐ下まで打ち寄せる海の紺《あお》さとぶつかって輝いていた。

その朝、朝鮮大邱市の陸軍輜重隊から復員後、一足早く引き揚げていた兄が、当時流行の鳥打帽に、GI用の皮ジャンパー姿で、馬にまたがってさっそうと出迎えにやってきた。どこから調達してきたのか、木炭トラックを一台準備して、「さあ皆でこれに乗って帰ろう」と、自分が先導して、ガタピシ道路の天草西海岸線を三十キロほど南に下った高浜村へと急いだ。途中、何回か木炭を投げ入れては、ガスが発生するのを待ったが、そんなひととき、道路をはさんで山の斜面、切り立った海側の岩の斜面を見渡すと、やぶ椿の群落が無数に生い茂り、濃い緑の葉の中から、素朴で美しい花が無数に咲いているのを見た。椿の木は、英語でカメリア・ジャポニカと呼ばれているが、原産地は、日本列島、中国山東半島、朝鮮半島南部である。

一七〇二年にイギリスで植物図鑑に紹介され、西洋に椿が伝わったのが、学名の始まりである。朝鮮半島南部に自生した椿の花を知るよしもなく過ごしただけに、椿の花の美しさにふれたのは、この時が初めてのことだった。

天草はすばらしいなー！

日本て、何と美しい国なんだろう！

天草の大地に思わずほおずりしたい衝動を感じさせられたのは、初めて出会った「やぶ椿」のせいだと今でも信じている。

あれから椿を愛してもう五十有余年にもなる。ちいさなわが家の庭には、一九六二年に、当時、宮崎椿の会の会長であった岩切章太郎さんから頂いた、有楽椿の逸品から、肥後椿、やぶ椿が毎年沢山の花を咲かせて、戦後の想い出をいつまでも大きくふくらませてくれている。

冬の庭を彩る椿の木立ちは、花芯の蜜を存分についばむ「小鳥たちの楽園」でもある。

亡き両親と兄への追慕にひたりながら、椿の花の想い出は尽きない。

（エッセイスト・クラブ作品集３　１９９８年）

詩情の季節

活発な梅雨前線の動向に翻弄されるこのところのお天気、高い湿度と気温が重なって、不快指数のボルテージは鰻登りに上がるばかり。

日常生活の中で、四季のある国に生まれた喜びを感ずる一方で、梅雨の季節の生活には、いささか辟易させられる思いがしてならない。

そんな人間の、身勝手な思いがうごめく心の中にも、時折ふと、何かの拍子に、様々な季節への詩情を感じる時があるものだ。

梅雨の季節に咲く花に、栗の花がある。雨に打たれて散る白い花への思いを詠んだ、行乞の俳人、種田山頭火の句が心をよぎる。

梅雨の月があつて白い花

しとしとと降る梅雨の夕暮れ時、どんよりとした雲の切れ間からさしこむ、淡い月明かりの中に散る白い花。行きずりの御堂の中で、行乞に疲れた身を横たえながら、目に入る白い花びらの淋しげな風情、行乞に明けくれる毎日の己の姿の中に、ひとときの、心の安らぎを感じていたのかも知れない。

飲み会の帰り途、傘をさし、立ち止まり、タクシーを待つひとときき、何処からともなく心に伝わってくるメロディライン。「雨のジョージア」、男性ソウルシンガー、ブルック・ベントンの、甘く切ない歌の心が、小雨の中をかけ抜けて行く。

各地をさすらい、たどり着いたジョージア。ジョージアの雨の夜に、故郷に残した恋人を想う切ない男心。「雨降るジョージアの夜、きっと世界中が雨に降られて、淋しい歌を奏でていることだろう」と歌っている。雨ににじんだ、ニシタチの舗道に浮かぶネオンのあかり、梅雨の夜の詩情は、あれこれとつきない。

今、わが家の庭には、八重咲きの「クチナシ」の一・五メートル四方ほどの大きな茂みが二株ある。毎朝新しい花芽から次々と開花して、辺り一面に甘い香りをまき散らしている。洋名でガーデニアとも呼ばれ、ジューンブライド六月の花嫁たちの、ウェディングブーケなどに、人気の高い花としても知られているが、甘い香りをかぐと魅せられて、えもいわれぬ境地に浸らせてくれる。

大文豪マルセル・プルーストに愛されたというクチナシの花、その甘い香りは、梅雨の重たい空気の下を這うように伝わって、男心をときめかす。

梅雨から夏へ、もうひとつの心に残る花、「ノウゼンカズラ」がある。カズラの名の通り、茎の伸びた先から、次々と附着根を出して、木の幹にからみついて伸び、美しい柿色の花を無数に咲かせてゆく。今、染井吉野の、大きな幹の頂上まで勢い良く伸びている。その姿がまるで、男性にしっかりと抱きついているように想像されることから、俗に「愛染かずら」と、通人達に親しみをこめて呼ばれている。

しかもこの花の雌蕊《めしべ》は、花が開いている時は、先がふたつに分かれているが、触れるとすぐに閉じてしまうところから、一人の男に操をささげ、貞節を守ろうとする健気な女性にも例えられている。

ソファーに寄りかかって、そんな勝手なイマジネーションの世界に浸りながら、ウトウトしていると、時折パーッと目映い日射しが射しこんできて、梅雨明けが、もうそこまでやってきているんだなあと、予感させられる。

今年の梅雨は昨年より八日早く五月二十七日に入り、七月八日に梅雨明けが発表された。四十三日間の我慢の毎日であった。

梅雨明けと同時にやってきたのは、連日の猛暑日である。

日本全国到る処で、最高気温三十九度を越す熱風の中での生活は、曾て経験したことのない、猛暑との戦いである。

ジェームズ・ボンド演ずる最新映画のタイトル、「００７スカイフォール」じゃないが、まるで空が落ちて来たような、衝撃の暑さである。

そして深夜に到っても、一向に衰えることのない暑さは、熱帯夜となって、心の中に焼き付いた夏の日の想い出さえも、掻き消してしまうほどの勢いである。

とは言っても、夏の日への郷愁は強烈なもの。

朝起きて、庭に出て、東の空を眺めると、真夏の太陽を背に、モクモクと大きく拡がる入道雲。あれよあれよと思うまに、通り過ぎては西の彼方へと消えて行く。白い浮雲の行く手を遮るものは何もなく、悠然とした動きには、ロマンを感じさせられる。

雲の動きに見とれていると、十年前に逝った妻との、夏の日の思い出が、次々と重なり合って目の前に現れてくる。

それは、一九七〇年七月、妻の美智子を伴っての初めての海外旅行、「香港・マカオツアー」。そして、一九七六年六月の憧れのハワイ旅行。オアフ島、ハワイ島、カウアイ島、三島を巡る六泊八日の豪華な旅だった。さらに、一九七八年八月の「シンガポール、マレーシアの旅」等々。まるで少女のように、無邪気に二人での旅の喜びを表していた姿が、目に浮かんでくる。

むくむくとふくれあがる積乱雲のように、次々と現れては消える夏の日の幸せの瞬間。なかでも一九七六（昭和五十一）年六月のハワイ旅行は、美智子にとって、想像だにしなかった夢の世界への誘いだったに違いない。六泊八日の全行程は、二年前に「ハワイ観光団誘致宮崎県使節団」の一員として参加した時のスケジュール通りに設定した、豪華な内容であった。

三泊目の夜、ハワイ島コナ市の黒砂海岸の波打ち際に建つ、コナヒルトンホテルでのディナーは、料理のすばらしさもさることながら夕日の美しさも圧巻だった。水平線の彼方に沈む太陽を目の前にしての会話が、今でもあざやかに蘇ってくる。

「明日は、カウアイ島に飛んで、ワイルア峡谷を船で上流まで行き、ハワイの人達の最

1976年ハワイ島コナヒルトンホテルのコンシェルジュとともに笑顔の美智子

も神聖なる地として崇められている、『シダの洞窟』に行くんだよ。そこでは世界の国々から、結婚のあかしを求めて、多くのカップルが訪れて、現地の人々に祝福されている美しい風景が見られるんだ」

話を聴き終えた美智子の、その時の紅潮した顔が今でも忘れられない。

「私達もそこで、結婚式して帰ろうよ！」

美智子のことばには、異様な輝きが感じられた。

一九五五年春、周囲の反対を押しきって、誰からも祝福されることなく、お互いを信じ合って、スタートした事実婚。

皮肉にも、その後請われて、二人で引き受けた媒酌の数は六組にもなっていた。挙式をしていない二人が行う、媒酌への矛盾感、新郎新婦への羨望。日頃蓄積されたコンプレックスからの脱却が、何よりの思いであったに違いない。

1976年 ハワイ島 黒砂海岸にて

翌朝、ハワイ諸島最南端のハワイ島、コナの空港を出発して、最北端のカウアイ島中部のリフエ空港に到着、出迎えのバスで、ワイルア川の河口の町へ、そこから遊覧船で、シダの洞窟へ向かった。船内では民族衣裳に、蘭の花の大きなレイを頭と首に飾った男女が、ウクレレを演奏して、ハワイの音楽を聴かせてくれた。

船着き場から熱帯樹の茂みの中を十分くらい歩いたところに、ボストンシダに覆われた巨大な洞窟が現れた。神秘的で幻想的な瞬間だった。多くのカップル達と洞窟の上に立ち、美智子と二人で寄り添うと、十人ほどのウクレレを手にした遊覧船のコンシェルジェの男女が、横一列に並んで上を見上げ静かに、「アロハオエ」を歌い、歌い終えると一斉に、片手を挙げて「コングラチュレーション」と何回も祝福の声を挙げてくれた。

その昔、カウアイ島王族だけの結婚式場であったという聖地シダの洞窟。ここで恋人と固く手を結ぶと、永遠の愛が約束されるという伝説。

シダの洞窟ウェディングは、年齢に関係なく、圧倒的人気のスポットである。

ワイルア峡谷を両岸に眺めながら、往復一時間の遊覧船のひととき、美智子の胸に宿った幸せの思いは、計り知れぬものであったに違いない。

あれから三十七年、積乱雲に乗って、幸せだった夏の日の、あの日あの時の思い出が、次から次へと、ダイナミックに通り過ぎて行く。

（エッセイスト・クラブ作品集18　２０１３年）

壱の章

チャッピー　愛ある別れ

一九九七年九月二十七日、その朝、たばる動物病院に急いでかけつけようとする車の後部座席で、ぐったりとした体を横にしたチャッピーに、

「チャッピー！　頑張ってねえ。元気になって帰ってくるのよ！」

と涙をこらえながら大きな声で励ます美智子の心が伝わったのか、必死の力で首を持ち上げ、じいっと見つめて、涙を目にいっぱいにためながら、やがてくずれるようにしてガックリと横たわったのが、美智子とチャッピーの悲しい別れの瞬間だった。

我が家の愛犬「チャッピー」が家族の一員に迎えられたのは、十五年前の暑い夏の日だった。せみしぐれの鳴き止まぬ午後、小学一年生の孫娘の弘子と一緒に、生後二カ月の可愛いめす犬を抱きかかえて帰った時、妻の美智子のあからさまに嫌がる表情には、半ば予期していたものの、すくなからずこれから先の不安の気持ちが心の中をよぎったことだった。

その朝、むりやり強引に説得して、貰い受けて帰ってきた手前もあって、「お前に似てなかなかの美人だよ」なんて、歯の浮くようなお世辞でとりつくろったことが、今でも心に残っている。

孫達と一緒に庭中を走り廻るチャッピーとのふれあいは、微笑ましい限りだった。

数日後の日曜日、弘子が側にそっと寄ってきて、「おばあちゃんがねぇ、チャッピーのお腹を蹴飛ばしたのよ」とおさな心にも、美智子のひどい仕打ちに悲しさを感じて訴えてきたことだった。

何回かそんなことを繰り返しながらも、やがてふた月もたたない間に、次第に強い愛情にと変わっていったのは、彼女が「いぬ」年生まれの人のよさのせいだったのではと、安堵の気持ちでほっとしたことだった。

近くを流れる八重川の堤防に向かって小走りに動き廻る朝夕の散歩は、チャッピーと二人して、つい三カ月前までの十五年間の楽しい日課であった。

チャッピーの生まれは、雲海酒造綾農園の番犬の子として三匹の兄姉の末っ子で、一九八二年に誕生した。雑種ながらも整った顔立ちと、愛らしい目元のキリリとした容姿は日本犬の母親の血を受け継いだのか、なかなかなもので、小動物に優しい愛情を注ぐ中島勝美社長からむりやり貰い受けたものだ。

長いようで短かった十五年を一緒に暮らした想い出をたどると数えきれないほどのものがある。

フィラリアに始まって、不妊手術、パルボ、じんましん、奇跡的に助かった自動車事故、晩年の乳癌手術等々、難病、事故をひとつひとつ乗り越えて生きてこられたのは、宮大家畜病院以来、東大大学院ご出身の動物臨床外科の権威者、たばる博士と奥さんの愛情あふれる支えによってのことと信じている。

そのような大きな出来事の中でも特に印象的で、まざまざと思い出されることは、一九九一年春のこと。大学家畜病院入院中のエスケープ事件で、病院と家族に大きな心配をさせた出来事である。検査入院をしたその日の午後、レントゲン室に入る矢先のことだったらしい。

夕方からしとしとと降り出した春雨の中を三十人近くの学生達が顔写真入りのポスター三百枚を急いでコピー印刷して、早速県道一帯の電柱に張って捜してくれたのには驚いた。

その日、助教授として着任したばかりのたばる博士にとって、第一号の患者の脱走事件には、驚きとまどいで大変だったようだ。

その夜九時過ぎに夜の会合から帰宅すると、待ち受けていた美智子からの話で、急いで大学家畜病院に電話した。たばる博士は、

「申し訳ありません。大学の責任で必ず連れ戻しますから。信じて下さい」

電話の向こうから伝わる悲痛でいて力強い声に、責任感と患畜に対しての強い愛情がひしひしと感じさせられたことだった。

夕刻、美智子からの急の知らせに驚いた娘夫婦は孫達三人を連れて、雨の学園木花台の広い一帯を、二時間ほどあてどなく捜しまわったが、何の手がかりもなく空しく帰ってきた。

「もう帰ってこないかもしれないね」

半ば嘆息まじりにふと口をついたひとことを待っていたように、三人の孫達が一斉にしくしく泣きだしたのには閉口した。

「いやいや大丈夫。きっと帰ってくるよ」

そんな言葉が毎日続いた四日目の夜は、さすがに重苦しいものがあった。物言わぬ一匹の犬の運命を七人の人間が気遣って、生還を心から願う姿に、家族の心の優しさの琴線にふれた思いと、純真な子供の心の奥底から溢れる愛情に感動を覚えたことだった。

五日目の朝は、晴れ上がった清々しい春の朝だった。

食卓に向かったその時、電話のベルに、もしやと、ドキッとさせられた。案にたがわず大学からの幸運の知らせだった。

「お宅のチャッピーちゃんらしい犬が今、木花のAコープ前のビニールハウスの前でうずくまっているそうです。ポスターを見たという農家の人の知らせで、今大学から捕獲に向かっています。至急こちらにきて確認して下さい」

という知らせだった。

急いで駆けつけたが、すでに捕獲され大学に向かっているとのことで追いかけると、丁度家畜病院にホロ付トラックと乗用車が数台到着したばかりのところだった。

ドロンコになった教授、助教授をはじめ男女の学生十五人ほどが、泥だらけの裸足姿で降りてきた。田んぼの中を一目散に走り逃げ回ったそうだ。

一人の女子学生が、泥だらけのチャッピーをしっかりと抱いている姿を見た時、嬉しさのあまり思わず涙が溢れてならなかった。シャワー台ですっかり奇麗になったチャッピーは興奮して震える体ですり寄ってきて、小さな声で嬉し鳴きをして二人してはた目もはばからず涙の中で再会を喜んだことだった。

あれほど元気に過ごしていたチャッピーも肝機能の悪化と寄る年波には勝てず、今年に入ってから急速に気力がなくなり目に見えて衰えが目立ちはじめた。そしてたばる動物病院に入退院が繰り返されるつらい三カ月になった。嫌がって手こずらせた点滴注射も、最近ではおとなしく、パラボラアンテナのような傘を首にして横たわっていたのは、自らの痛みに立ち向かわんとするけな気な姿のようでいじらしい思いだった。

最後の日、診察時間前の準備で忙しい朝にもかかわらず、心配気に迎えてくれたたばる院長の聴診器が静かにチャッピーの心臓から離れた時、

「とうとう別れの時がきましたね」

その瞬間、無言で必死に悲しみをこらえたことだった。

「チャッピー、もう苦しまなくてもいいよ。楽になってよかったね」

と優しく語りかける言葉に、悲しみが心の底をついて溢れてきた。

たばる院長夫人の好意でその日の内に立派なコフィンが用意され、花に埋もれて、コズミックの世界に旅立った。

初七日の今日、ちいさな紙の箱に納まったチャッピーは、ご主人の好きな音楽を、寝そべって満足そうに聴いていた大きな庭石のそばのいつもの場所で、静かな眠りについた。その上に、小さな青石をそっと載せてやった。

石の表には、

「チャッピー一九八二-SEP　二七　一九九七

HERE　TO　ETERNITY」

と書き遺した。

チャッピー、ここに永遠に、と。

（エッセイスト・クラブ作品集2　1997年）

明日への祈り

秋の日はつるべ落としというが、彼岸が過ぎて九月も残り少なくなってくると、ついこの間までピンクの美しい花を咲かせていた「さるすべり」の花が、色あせてちぢれた花びらを、風の吹くまま、静かにあたりに舞い散らせている。

真夏の太陽の下で、美しさを独りじめしてきただけに、哀れさが感じられてならない。深みゆく季節へのプロローグ、目を閉じて花の生命のはかなさを思う時、秋のまなざしは、何もかも憂いをたたえたかのような、セピア色に染まり、脳裏に迫ってくるのが、たまらなく悲しい。

妻の美智子が、限りある生命を健気に生きようとする明け暮れが、瞼に焼きついて離れないせいなのだろうか。

去年の秋は、そんな感傷にひたる心のゆとりもなく、無我夢中で過ごしたことだったが……。

手探りの中での老々介護の生活が始まって、三年間が瞬く間に過ぎ去ってしまった。周りの者達が気遣って「看病疲れしないように」だとか、「あなたが倒れたら大変なことになるから気をつけねば」と励ましてくれる。所詮は慰めにしか過ぎないことであるが、それでも見て見ぬ振りをして、優しいことばすらかけてくれない傍観者達よりかは、はるかにありがたく嬉しいことである。

そんな他人様の気遣いが、近頃はだんだんと現実となって体に重くのしかかってくる。ふと我に返ると、セピア色の秋のまなざしの中から、半世紀近い、二人だけの数多くの思い出が、断片的に次々と浮かんでは立ち去ってゆく。

美智子の異変に気づいたのは、六年前の秋分の日、媒酌人を頼まれて、二人して女性の実家に結納を持参した時のことだった。

翌日、大きく胸騒ぎする中、神経内科の専門医を訪れた。

脳のCTスキャン撮影の結果は、ビンスワンガー症候群という確定診断だった。脳血管の動脈硬化で随所に梗塞が拡がり、白質化している様子が、素人の眼にも説明を聞きながらはっきりと理解できた。

きびしい病の宣告を受けたものの、それからの三年間は、物忘れと反比例して時折昔のことが突如として鮮明に蘇えるという明け暮れである。そんな中でも無邪気でいて、時々は真面目な表情での会話のやりとり。

昨年春まで元気な足どりで過ごしていただけに、車椅子の不自由さを強いられた今日の生活ぶりを思うと、不憫さが先だって胸が痛んでならない。

不自由な日常生活に追い打ちをかけるようなことが起こったのが三年前、入浴中不意に襲った貧血での失神である。

大学附属病院に入院、検査の結果では、クレアチニン、尿素窒素の上昇と極度の貧血症、すでに末期腎不全という予想もしない結果だった。

検査入院、退院、緊急入院、シャント手術、人工透析へと瞬く間に進行して二年間が過ぎたことだった。

仕事と主夫と介護人の三つの顔を使い分けての在宅介護。一日の中での安らぎは、深夜のひとときだ。ベッドサイドのテーブルをはさんで、セミダブルのベッドにゆっくりと横たわったときの瞬間ほど、何ものにもかえ難い解放感にひたれる時はない。ウトウトしながらしばらく経つとやがて、今日から明日へのはざま、うす明かりのテーブルライトの中で、美智子の寝顔を見ていると、昔とちっともかわらない安らかな寝顔、思わず涙が溢れてくる。

やがて気配を感じたのか、目覚めて、

「今何時？」

「十二時半だよ」

「明日は透析だから、早く起きてよねー」

そんなやりとりの後、二、三分もたっただろうか、

「私、なんにも人に悪い事したこともないのに、なんで私ばっかりこんな目に遭わなくちゃならんのやろかね……」

「心配せんでもいいから、お前のことは、ちゃんと僕が守ってやるから、頑張るんだよ！」

そんな深夜の会話の後にでた言葉は、

「あんたには、本当に感謝しているのよ」

今日から明日へのはざまの中で、「痴呆」と「健常」が交錯し、吊り橋の真ん中をゆらりゆらりとゆれる中、しっかりとした足どりで歩く姿を見たようで、思わず灯を消して男泣きしたことだった。何とかこの病から救い出してやりたいものだ。

午前五時、遮光カーテンのわずかな透き間から夜明けの薄明かりが射しこんでくる。一日の始まりである。ベッドから車椅子へ、トイレへと移す。透析開始から一年半、週三回の透析で早くも無尿症となり、オシッコは全くでない。そして排便が次第に困難になる。透析で一回に一八〇〇ccから三〇〇〇ccという体内の水分を除水すると、腸内の水分が枯渇して便

が固まるからである。

美智子の排便との闘いがその日の透析に大きく影響してくるから、朝のトイレは、こちらも真剣勝負である。

人間としての尊厳さが失われていない美智子にとって、スムーズに排便できない日の、「摘便」ほど、苦しいことはないようだ。ゴム手袋の指先にグリセリンを塗って、指先を肛門に入れてかき出す「摘便」は、やがて十分ほどでウォッシュレットによる肛門洗浄と同時に排便と結びつくのだ。夫にしてもらうだけでも身がちぢむ思いだけに、看護婦さん以外の介護人には絶対にできないことだと思う。

排便のあった日の、朝の表情は何ともゆとりのある清々しい朝である。美智子のその日の気分で、クローゼットの中から服を選ぶと、取り出して着替えをさせる。若いときから愛用のディオールのファンデーション、口紅、眉ずみの三つを順序よく使って見事に女性自身を取り戻すと、つい三十分ほど前のトイレの苦しみなぞ、うそのように消え失せてしまうのが不思議に思えてならない。女性の身だしなみほど、自身の尊厳をあらわすものはないであろう。

「私きれいでしょう」

「ウン、きれいだ、きれいだよ。だから、いつまでもきれいで、元気で頑張って、長生きしようね！」

こんな朝の励ましのやりとりは、その日を一日生き抜くための大きな支えになっているものと信じながら、そのことばがエコーのように自分自身の安堵感となって、心にこだましてくる。これほどまでに二人の絆を感じたことが、かつてあっただろうか。

午前八時三十分、介護の女性が笑顔で出勤してくる。「美智子さんお早よう、今日も元気で頑張りましょうね」。夕方七時までの十時間の介護をお願いしバトンタッチをする。熱、血圧、排便、食事、水分等々、昨夜からのデータを手短に引き継ぐ。末期腎不全の透析患者にとって最大の敵は、血圧の降下である。一日八回の血圧測定値の管理を怠ったら、何時不測の事態を招かないとも限らない。それだけに、彼女のデータを見る眼は真剣そのもの。

健常者の塩分の摂り方がいかに大事なことかを知ったのは、七月半ばのことだった。美智子の平均値一四〇の血圧が、食後一時間で急激に下がり一〇〇になった時のことだ。危険な事態を病院に連絡したところ、

「食塩を指先につけて二回位なめさせる、次に約一〇〇ccの水を飲ませる、そして室温を二十三度ぐらいの冷房をきかせて休ませる」

という指示で、急いでそのようにしたところ、一時間ぐらいで血圧が戻ってその後しばらくして、起き上がれた、という現実に直面した時だった。過度の塩分が生命を縮め、適度の

塩分が生命を救うという相反した原理に驚かされたことだった。
今日一日を元気で、明日もまた幸せな一日を迎えて過ごすことが出来ますよう。限りある日が、いつまでもやってきませぬように！
そんな願いが祈りとなって、いつのまにか心に念じながら会社へと向かう。

思い出してごらん九月のことを
やさしさに満ちていた日々のことを
残り火と化した愛も
また燃え上がろうとして
僕たちを豊かな気持ちにさせた九月の炎
そして想い出をずっとずっと作ってゆこう

ミュージカル「ザ・ファンタスティックス」のメロディが、知らず知らずのうちに、心の中をよぎって行く。

（エッセイスト・クラブ作品集４　１９９９年）

愛・ひととき

暑かった今年の夏も、何とか無事に過ごせたなあ……と、心で思いながら妻の美智子を車椅子からベッドに移し寝かせると、日中の残暑がまだただよう寝室に、どこからともなく「リン・リン・リン」と鈴虫のすだく音が、か細いながらも、確かなリズムで聞こえてくる。

厳しい季節の移ろいの中を、「私、生きているわよ！」と、虫の鳴く音に合わせて美智子が話しかけているようで、更けゆく秋の夜、しんみりと孤独な心にしみいるひとときである。

九七年夏に末期腎不全、ビンスワンガー症候群（脳血管障害による痴呆症）という思いもかけぬ二重の悲しい宣告を受けて、以来、入退院を繰り返しながら早くも三年が過ぎた。

毎日がいのちとの対決を強いられている美智子は、自分を直視できないだけに不憫さがつのってならない。

九八年三月十九日から人工透析が始まって、毎週火・木・土曜日の週三回、各四時間の通院透析は容易ではない。

心臓が古びたゴムのように伸縮がなくなり、肥大したままの状態では透析中に屢々血圧が急降下するからだ。そんな危険が迫った時は、主治医の落合先生と看護婦さんの手際良い処置で、先ず血液中の除水をストップさせる。そして逆に生理食塩水を注入し、ベッドの足許を四十度位上げる。するとやがて血圧は一一〇、一二〇、一三〇と上昇を始める。

不安に満ちたうつろな眼の焦点が定まり、蒼白になった顔に血の気が戻る。安堵感が表情にはっきりと浮かんでくるのがよくわかる。適切な素早い処置の後ろ姿に、手を合わせて拝みたくなる心境は、家族だけが知る崇高な思いであろう。

先生も看護婦さんも、多くの透析患者さんの表情を観察しながら四時間、張りつめた緊張の連続である。

現在、国内の人工透析患者数は十八万人、毎年三万人ずつ増え続けて、毎年三万人ずつ亡くなっていくという。最初に入院した当時の透析専門医の女医先生のお話である。

「その三万人の一人にはいるのではないでしょうね！」

とうっかり尋ねると、

「病状から考えて、統計的には一年位でしょうね」

と、こともなげに言われた時には、心の動揺する間もない程、本当に驚かされた。

半ば予測はしていたものの、そんなにも早く、目の前で安らかな寝息の美智子が、一年後にはもしかして姿を消してしまうなんて、どうして信じられようか！

心の動揺を見透かされたのか、

「いやいや、それでもご主人のケアー次第では二年、三年大丈夫かもわかりませんよ。元気を出してがんばって下さいね」

女医先生のブリーフィングは文字通り簡潔そのものであった。


あれから「この夏を何とか生かして下さい」「この冬を、お正月を迎えさせて下さい」と、どんなにか、祈り続けてきたことだったろうか。

体力の維持に始めた早朝散歩も二十年近くになる。近くを流れる八重川の堤防を美智子と一緒に歩いていたのは、つい数年前までのことだった。八重川から大淀川の河口に至るくの字に曲がる川のはるか東の水平線上に、ぽっかり浮かび上がった瞬間の太陽の姿は神秘そのものである。

ギリシャ神話の中に登場する英雄「ヘラクレス」が太陽の酒杯に乗って海を渡る赤絵が、オーバーラップして見えてくる。その瞬間、身震いするような神々しさに、思わず立ち止まり、柏手を打って拝む習慣は昔も今も変わらない。変わったことといえば、それは、美智子の安泰を一番先に祈るようになったことであろう。

月に対しての人間の観念が、満ちて欠ける永遠に繰り返す復活の思想に対して、太陽は不死不滅の生命力、希望と力の象徴として信仰の中心をなしてきたものだ。

そんな太陽にもその日によって、人間の喜怒哀楽の表情を映し出すのか、さまざまな顔の変化を見ることがある。自らのデマンドを抑えよと命ずるのか、運命に忠実であれと命ずるのか、朝日を背に浴びながら独り自問を繰り返し太陽に別れをつげる。

家を出てから「宮の元橋」「新八重川橋」「西田橋」と八重川の堤防道路を歩いて「下鶴橋」を渡って折り返すとちょうど五千歩、約四十分のコースである。

「ただいま。今帰ったよ」。ベッドをのぞき込むと、「お帰りなさい」ということばと同時に哀願するように、下腹部を指さす。

「あぁわかった、わかったよ。ウンコがでたんだね。すぐ取ってあげるからねー」

直ちに七つ道具の準備を始める。洗浄用のお湯を、廃物利用のお風呂の洗剤の入っていたプラスチックのボトルに入れる、そして三つの穴のあいたそのキャップをしめる。熱湯を洗面台に入れ二枚のタオルをくぐらせて絞る。オムツ二枚、パット一枚、ゴム手袋二枚、下敷き用の新聞紙二組と、汚物を包み計量する新聞紙を二枚。

排便の量が除水の目安になるだけに計量は慎重、局部を洗浄した後のオムツとは別途に取り扱わなくてはならない。

今年一月二十四日、トイレで排便中脳出血で倒れて以来、再びトイレに座ることができなくなったのは美智子の人生の最大の悲しみであったに違いない。しかし、懸念していた麻痺が残らなかったのは不幸中の幸いだった。

わずか八カ月そこそこの間に、一級ヘルパーさん並みの要領で、汚物の取り出し、局部の洗浄、おむつの取り替えまでを済ませるのに十五分そこそこで見事に出来るようになったのには、自分でも驚き感心しているところである。

先だって東京の娘の邦子とあれこれ話していたら、

「でも、母ちゃんの介護、結構楽しんでやってるんじゃない！　何だか生き甲斐のようだわね」と電話の向こうから笑い声が聞かれた。

「済みません、ありがとう」

「いいよ、いいよ、そんなこと言わなくてもいいんだよ」

すっきりして嬉しそうに、ハッキリという感謝の言葉に、哀しみの現実の中からひそやかな愛を感じさせられるのは、夫婦にとって究極の愛なのだろうか。

たとえ陽炎のような愛であってもいい、いじらしいまでのそのことばには、痴人の片鱗さえも感じさせられない。

「不思議な今」が電流のように全身を駆けめぐってゆく。

「あと一年の間にどんな変化があっても受け入れなくてはならない」という運命の託宣があって以来このかた、ひたすら祈り続け、曲がりなりにも過ごせているのは、宮崎循環器病院透析室の最先端をゆく現代医学の粋と技術を享受出来たおかげである。

その一方で、不思議なパワーが今年になって美智子の体に感じられ、驚きと感謝に浸っていることだ。それは、九七年九月以来服用し続けている霧島霊芝幸福茸(サルノコシカケ)のことである。

美智子の病状をひどく案じてくれたえびの市の「きのこ博士」村田正幸氏のご好意で、朝昼夕の三回霧島霊芝の服用を始めて三年が経った。高齢者に最も恐れられ、余病を併発する風邪に対しての抜群の免疫力の強化、二回の脳内出血後のミラクルともいえる回復力。

「微細な脳血管内の血栓の改善が痴呆の進行を完全に抑えているのでは」と、神経内科医赤嶺先生の嬉しい所見を頂いたことだ。

臨床的な薬剤の効果と、霧島霊芝幸福茸の薬理的作用は単なるサプリメントではなく、それらの総合作用が、透析効果を高め血液の浄化が一層促進され、全身の機能を強化する結果を生んでいるものと信じている。現代医学と漢方のすぐれたコラボレーションを、これほどまでに強く感じたことはない。

宮崎市内には幾つかの中核医療施設があるが、それらの病院での患者に対する医療情報の開示は、以前とすると比べものにならない。毎週頂く薬の内容の説明書は、何故この薬を使用しなくてはならないかの説明、透析患者に対しては月二回透析前後の血液検査の数値表、月一回のレントゲン撮影による「心胸比の増減」等々、懇切丁寧な情報の開示は、家族にとって、より一層の信頼と安心感を与えてくれるものだ。

入院して、

「どんなに優れた医療を受けても、一年もてる患者さんの場合、家庭介護では三年は大丈夫ですよ。それ程、家族の愛情のこもった介護は患者の気力を促し、二十四時間接することによって勇気を与え、科学の及ばない力を発揮するんですよ。だからあとは神様に祈って、運を天に任せるんですね！　私も一生懸命祈っています」

落合先生のこのことばに、大いに勇気づけられたことである。

時折、透析中に訪れると、

「今日もすごく順調ですよ！」

と笑顔で話しかけてくださる先生のことばに心が和む。

そんな先生の患者を思う心が通じているのか、透析患者が共通して受けるダメージである透析後の激しい疲労感が見られないのが何よりだ。

夕食後今夜も、ＮＨＫテレビ「お江戸でござる」を見ながらニコニコしている。八時半、下剤のアローゼンを三包服ませる。テレビを見ながら、ピオーネを五、六粒皮をむいて口に入れてやると、青い透明な大粒の葡萄を美味しそうに食べながら、画面の杉浦日向子さんを指さして、

「良い着物きているね、私も着たい！」

なんて他愛もなくご機嫌だ。

こんな幸せな日々がいつまでも続いてほしいものだ。

明日の日の出は、午前五時五十七分、明るい微笑みの「太陽」に向かって、感謝し平穏な日々の幸せを祈ろう。


（エッセイスト・クラブ作品集５　２０００年）

風のシルエット

初秋を運ぶ爽やかな風に乗って、風鈴の音色が、夏の日にはなかった新鮮な美しさを感じさせてくれるのは、妻の美智子が、暑くて長かったこの夏を、曲がりなりにも無事に乗り切ってくれた喜びからだろうか。

山之口町の方言語り部、竹原由紀子さんが、この春岩手県に旅行した折、余りにも美しい心にしみいるような音色に感動して、病床の美智子の慰めにと、わざわざ届けてくださった本場南部特産の逸品である。

灼けつくような昼下がりのひととき……。

熱帯夜の寝苦しい真夜中……。

冷房から逃れて、そっと窓を開け西風を入れると、すがすがしい風鈴の音色が、心地よく眠る美智子の耳に、過ぎし日の想い出を囁きかけているかのように、澄んだ音色を聴かせてくれる。

時折、体を動かしたりする所作を見つめていると、元気で自由に歩き回っていた青春時代の、自分自身の影絵を見ながら、楽しかった昔を追いかけているような気がしてならない。美しい風のシルエットの中を一人ただよっているのだろうか。


美智子の確定診断が下されて早くも五年が過ぎ去った。

末期腎不全、ビンスワンガー症候群（脳血管型痴呆症）。

ふたつの重い病をひきずりながら九八年三月以来、週三回の通院透析を繰り返し今日に及んでいる。人工透析の成果に感謝しつつも、体力の安定維持と、脳障害の進行という相反する物理的変化が、日を追って迫ってくるのを目の前にすると、ブルーな心がより一層こうじてくる。

最近、食事の介助に二時間を要する時が度々ある。

スプーンで、ひとくち口に入れてやると、目を閉じたまま全く口を動かさない。しばらくいろいろと、とりとめもない一方的な話の時間をはさんで、やっと口が動き出す。

それは、古びたソケットに千切れかかったコードを差し込んだ時の様子と実によく似ている。点いたり消えたり、力強く押した時、電気が流れる。

頭の中の血流が、どこかで止まり、どこかで流れ出す、そんな繰り返しの中での食事が続く。

神経内科医の赤嶺俊彦先生のお話によると、「アルツハイマー型痴呆症と違って、ビンスワンガー症候群の患者さんは、言語障害のため発声は聞く人に内容が分からなくても、相手の話は充分理解できているんですよ。だからべっ視した話を蔭ですると患者さんが落ち込みますよ。会話は普通にして」とのこと。「末期まで人格の尊厳は保たれていますからね」というお話を思い出したことだった。

いらいらしながらもそんなことを考えながら、

「これはねえ、長生きするのに大事なものだから、しっかり食べようねー。沢山食べて二人で百まで長生きしよーねー。ホーラ、アーンしてごらん」

と言うと、今まで貝のように固く閉じていた口が大きく開いて、素早くスプーンを口に入れてやると、モグモグしながら食べだす。

生への執着が激しく感じられて、いじらしい思いに、涙がこみ上げてくるのを、ぐっとこらえる。

朝から涙を見せてはいけない、と心を抑えながら、

「美味しかったー。良かったね」と言葉をかけてやる。

秋の冷気を感じながら、日曜日の今朝も午前五時半起床、何時ものことながら（月・水・金・日曜日は）朝食と昼食と夕食の準備にとりかかる（火・木・土曜日は朝・夕食）。

朝食のメニューは、ふだん草、わかめ、絹ごし豆腐の味噌汁の中に半熟卵、ヨーグルト、チーズ一個、ピーナツの煮豆、焼ナス、スライストマト四分の一個と、レタスのアイランドドレッシングあえ、ごはん八十グラム。練りごまと、だし割り醤油であえた焼きナスは、喜んで食べるので作り甲斐のある一品である。

昼食のメニューは、「あんかけ焼きそば」。材料はシャブシャブ用の豚肉、こえび、キャベツ、マイタケ、もやし、かまぼこの薄切り、ブロッコリー少々、塩コショウ。

これ等を中華鍋でしっかり炒め、水ときしたカタクリ粉の中に、とりがらスープの素を入れ仕上げる。ここまでくると後は簡単、別の中華鍋に油を流し、そばを焼き上げ、先程の材料を入れてまぜ合わせると出来上がり。午前六時半までに仕上げて盛り付けが終わるとほっとして、思わず座りこんでしまう。

趣味の料理の腕前が五年間で本物になり、カリウム、タンパク、塩分、カロリー計算まで出来るようになったのには、自分でも驚きあきれてしまうほどだ。

在宅介護を決心した時、末期腎不全の患者にとって食生活の確立ができなければ、もてる生命も救えないという、栄養管理士の先生のアドバイスを受けてのスタートだった。

月二回の血液検査の結果を気にしながらのメニューづくりが、すっかり日常生活にとけ込んでしまったのは、美智子と共に生き抜きたいという本能による力だと思っている。

久しぶりに土曜日の朝、病院を訪ねてみた。

宮崎循環器病院透析室の主治医、落合英幸先生から、「二十一世紀最初の夏が無事に過ごせたから良かったじゃないですか。さあがんばって、今年の冬をどのように乗り切るかをお互いに考えましょうや！　冬が一番心配な季節ですからね！」と肩をたたかれ励まされたことだった。

午後のひととき、そんなことを思い出しながら、疲れた体をベッドでひと休みしてると、風鈴の優しい音色をさまたげるように、時折庭にやってくる野鳩のククククという耳障りな鳴き声の中で、何時の間にかウトウトと眠りに入っていった。

昔、メキシコでのある男の悲しい物語である。

長年連れ添った、居なくなった彼女を慕って泣き暮らし、遂に死んでしまったひとりの男の魂が、今では鳩に姿を変えて、「ククルクク……」と泣いているという哀れな物語の歌である。

「噂では夜になるといつも涙にくれてばかりいるそうな

噂では何も食べずただただ酒浸りだそうな
みんなが誓って言うには
彼の泣き声を聞いて天も震えたそうな」

一羽の鳩が、今朝も早くから石畳の上で鳴いているという。

歌の題名は「ククル・クク・パロマ」 メキシコの代表的名曲である。

アメリカの黒人歌手ハリー・ベラフォンテのしびれるような哀愁に溢れたヴォーカルで、世界中の人々を魅了した名曲である。

「俺は絶対に鳩にはならないぞ！」と夢の中で大きな声で叫んだところで目が覚めた。いつの間にか、野鳩は飛び去っていた。

心地よい秋風が風鈴のすがすがしい音色をかなでている。

美しい風のシルエットの中で。


（エッセイスト・クラブ作品集6　2001年）

風のささやき

盂蘭盆が過ぎたとたんに、朝夕の冷気が心地よく肌に伝わってくる。

そういえば、いつの間にか、あれ程激しく鳴いていた蟬たちがすっかり姿を消し、桜の葉が色づき、枯葉が落ちて、風に舞っている。

コオロギや鈴虫たちが、夜のしじまを飛び跳ねて、可憐な姿も見せずに、透明な鳴き声で物思う初秋の夜へと誘ってくれる。

振り返ると、早くもそんな季節へと変わっていた。


妻の美智子の運命を一転させたあの忌まわしい出来事が起こって、早くも一年が過ぎようとしている。

秋から冬へ、そして春から新緑の五月が駆け足で通り過ぎた。長かった梅雨のせいか、今年の夏は酷暑の時期が短くて、あっという間に立秋、処暑を迎えた感じがする。

季節の情緒を感じ取るすべもなく、まるで、川の流れのように、生命を確かめながら、美智子と共に走り続けてきたこの一年間は、他人から見れば、何とも空しい願いの日々のように、映し出されていたのかも知れない。

平成十三年十一月十一日午後五時四十分、楽しい夕食のひとときが始まった矢先のことであった。その日、たまたま交替で勤務する二人の付添さんが、どちらも都合で休みを取り、代わりに無資格の家政婦さんが派遣されてきた。

大好物の旬の味、酢がきを食べ終わらぬ内に、ご飯を口に入れたのを、喉につまらせたのだ。一瞬の中に嚥下障害を起こし、窒息、心肺停止したのである。

急いで抱きかかえ、口に手を入れ、出そうとするが、喉の奥に詰まらせたかきはとりだせない。宙を見つめる美智子の眼は、涙に潤んで、助けを求めて哀願している様子が、ありありと、感じられた。やがて体がガックリと二つに折れ曲がり、脱力感が重圧となって伝わってくる。みるみる中に、唇の色が紫色になり、明らかにチアノーゼが起こり始めた。

「もう駄目か」諦めにも似た心と、「何とかしなくては」の心が交錯する中、救急車を待つ長い長いときが、無情に過ぎていった。

やがて、宮崎循環器病院救急室に運び込まれたのが、午後六時十分、発生から三十分が経過していた。直ちに待ち受けていた先生達の、手馴れた電気ショックによる処置で、心臓が動き出した。心臓マッサージ、気道に管を通して酸素吸入等々、目の前で心肺停止した仮死状態の美智子が、奇跡的にも蘇生したときの喜びは、生涯で再び感じることのない涙の感動であった。

だけど、その喜びもつかの間、あの日の瞬間を境に美智子は、口もきけず、食事はおろか、水も口に出来ず、手足も動かず、目は宙を見つめて、ただ生きているだけの悲しい姿に変わり果ててしまったのである。

蘇生はしたものの、心肺停止で脳内酸素の欠亡が三十分間も続いたせいで、組織が破壊されてしまったからだ。

そんな極限状態の中であるにもかかわらず意識の根底の中で、「死んでたまるか！　私は絶対に死なないわよ」と叫んで、毎日を生きているように思えてならないことがある。それは、私の声を美智子がしっかりと聴き分けるからだ。

平成八年の発病当初、神経内科医の赤嶺俊彦先生は、

「いいですか伊野さん、少々照れくさいでしょうが、うそでも良いから、奥さんの耳元で毎晩ベッドに寝かせた時に、『おい美智子！　俺はお前を愛してるよ！』と優しくささやい

てください。そうすると不思議に病人の心はその瞬間、病気から解放されて、生きる希望の灯りがともるのですよー」

あれ以来毎夜、車椅子からベッドに移しかえ寝かせた後に、必ず「美智子愛しているよ」とささやき続けてきたが、今では寝たきりとなった美智子の肩の下にそっと手を入れて、頭を抱きかかえるようにして耳元で、二、三度ささやくと、宙を見つめていた眼球が動き、こちらを見て何回もまばたきして声にならない口を動かすのだ。不思議な感動の瞬間である。

すべてがよくわかってくれているのだ。

極限の世界でそんな夫の言葉を鋭く聴き分ける神秘さは、現代医学でも解明出来ないものと思う。五十年の夫婦の絆が、未だか細くて、しなやかな蜘蛛の糸のように、繋がっている証なのであろう。

六年前最初の夜のことが今でも頭をよぎって、独り苦笑させられる。

「美智子、俺はお前を愛してるよ！」

「それ本当ね！」

日常今までいったこともない言葉を聞いた驚きだったのだろう。おかしさをこらえて、

「そうだよ、本当にお前を愛しているんだよ」。

その夜は、半信半疑ながらも安心した表情で、心地よい寝息を立てながら眠ったことだった。

それから数日後の夜、大分上手になった表現で語りかけたら、「そんなことといったら誰が聴いてるかわからんよ」といいながらも、満足した幸せそうな表情で、眠りに就いたことだった。大正末期生まれの美智子の慎み深さが言わせたのであろう。

ビンスワンガー症候群の患者は最後まで、人格は保たれて、失われないといわれているが、記憶の糸を上手にたぐってやると、不思議なほど鮮明になってくる。

美智子は平成九年以来、今日まで、在宅介護でお世話になってきた何人かの優秀なヘルパーさん達には本当に恵まれている。そんな一人に、平成十三年二月より献身的に介護して貰っている看護婦出身の財津愛子さんがいる。長年の豊富な経験と臨機応変な対応で、在宅時代から、二十四時間入院介護の今日まで、美智子と二人の間の明るく大きな信頼の懸け橋となってくれている。

美智子と財津さんとの間の笑いのエピソードは、在宅通院透析時代には数多く有るが、最たるものは、食事の介護であったように思う。痴呆が進行すると共に、食事に要する時間が増えてくる。ヘルパーさんの多くは、

「ハーイ美智子さん、お口を開けてー、アーンして」

という要領だが、この人は絶対にそんなことはいわない。

「さあ美智子さん、ご飯たくさん食べて今日も元気で頑張りましょうね！」

そういうと、昔の歌謡曲を次々と歌い出すのだ。花も嵐も踏み越えて、行くが男の生きる道、「愛染かつら」の懐かしい歌を小声で歌ったり、スキャットしながらハモるのを聞きながら、スプーンを口に近づけると、美智子の口が自然に開き、サッとご飯やおかずを口に入れると、モグモグしながら食べる。ある時には、個人的な会話を弾ませる。誘導尋問的会話を結構自分自身でも楽しんでいる様子だ。

ある日帰宅したら、

「今日は楽しかったですよ」

「何があったの！」と聞くと、
社長の昔話を聞いていたら、美智子が、

「あの人は、女の人と旅行に行ったのよ」

「それはもう昔のことでしょう。今は、美智子さんのために一生懸命ご飯を作ったり、お洗濯したりで大変なんだから、許してあげなさいよ」

と話すと美智子が、

「そういうわけにはいかんとよ!」

と答えたということで二人で大笑いしたという話であった。そんな美智子であっただけに、聴覚が生きていて、理解できる能力が現存しているように思うのは、妻へのひいき目だけでは決してないものと思っている。

五月二十三日、平成九年発病以来何回となく気遣って、見舞ってくださっている五ヶ瀬町の中島サチエ夫人が、透析中の病室に訪ねてくださった時のことだ。親しく話して夫人が立ち去りぎわに、変わり果てた美智子に思わず涙して、しっかりと手を握った時、無表情の中に、両眼から涙がしたたり落ちたのだ。親しい人に会えた喜びと、自らの不憫さが胸に重なり涙をこぼしたことであろう。

去年の夏のことだった。夜半に風鈴の心地よい音色にウトウトしていたら、側のベッドの中から美智子が、「ねえ、ねえ」と何回か呼びかけていたようだ。気が付いて「どうしたの!」と応えると、

「ねえ、私が邪魔なんじゃない」

「どうしてそんなことというのよ。そんなことあるはずがないじゃないの」

「私を捨てたりせんでね!」

「絶対そんなことないから、安心して寝なさい」
といって頬ずりしてやると、「本当よね」といって、信頼しきった眼つきで、じっと見つめていた事が思い返される。進行する痴呆に、夜半ふと目覚めると不安がつきまとい、杞憂におののかされていたに違いない。美智子は今、どんな気持ちでおやすみなさいの頬ずりを感じているのだろうか。
お前の心に、明日を生きる希望の灯りがともることなら、お前を抱いて、朝の爽やかな風が吹くまで、ささやき続けてあげよう。

おやすみなさい美智子　　心地良い夢を見て
ぐっすり眠るんだよ　　明日が明るく晴れた日で
幸せの生命が再び　　お前の胸にやってくるように

真暗な夜の帳の中で　　こわい夢を見て
目がさめるようなことがあっても　　どうか恐れないで
僕がそばにいてお前を　　大切に守ってあげるから！

（エッセイスト・クラブ作品集7　２００２年）

コズミック　ブルースに抱かれて

日中の残暑はまだまだきびしいものの、庭中到る処で彼岸花が咲き乱れているのを目にすると、いやが上にも秋のまなざしを感じさせられるものだ。
夜明けの冷気にふと目覚めて、辺りを見廻すと、ひとりぼっちの虚ろな空間が、うすぼんやりと拡がって、さわやかな季節のうつろいとは裏腹に、侘びしさが心の中をかけ抜ける思いがしてならない。

妻の美智子が平成十三年十一月十一日、夕食中に誤嚥窒息が原因で、心肺停止の仮死状態となり、その状態から蘇生し、奇跡の生還をして以来早くも一年と十カ月を迎えようとしていた。宮崎循環器病院での主治医の落合英幸先生と、スタッフの看護師さん、ヘルパーさん、皆さんの献身的な努力のおかげで、植物状態から大きく改善が見られ、毎日の表情に生きる望みを持ち続ける気力の漲りを察するにつけ、美智子の生命力の偉大さ、生き抜こうという気力に対してのいじらしさが心をよぎり、胸がジーンと熱くなった。

そんな気力の張りにもかかわらず、凡ゆる感染症から身を守るための大切な白血球は二千以下まで下がり、貧血の診断にとって重要なヘマトクリットが二十に下降をたどりはじめて、遂に定期的な輸血での生命維持へと変化していった。

見も知らぬ、どこかの誰かの尊い善意の血液のおかげで生き抜いた十カ月。都合十九回七六〇〇cc、崇高な心の方々の血液が生命を永らえさせてくれたことであった。

振り返ると、さまざまな出来事が脳裏をよぎり、そして無情に通り過ぎてゆく。輸血の効果は抜群の感だった。眼の表現がより安定し、表情にゆとりが出来た。何よりも驚きだったのは、側でメロンや、香りの高い果物等を食べると、生唾を「ゴックン」と音を立て飲み込むことだった。鼻中からチューブで栄養剤を注入するだけの食事、言葉を出せない美智子はきっと食べたかったに違いない。

八月の或る夜、大好きだった「ピオーネ」をガーゼで絞って、誰にも内緒でコッソリと、五cc程、ゆっくりゆっくりと注射器で流しこんでやると、口にふくんで味を確かめるように見事に飲み込んだ。万一気管に入ったら誤嚥肺炎を誘発して「死」という危険を承知しての冒険だった。

「美味しかったわ」

という満足した表情に、すべての杞憂が吹き飛んだ。

どんなに食べたかったろう、どんなにか熱くて美味しい大好きなお茶が飲みたかったろう！


九月八日月曜日、週一回の入浴日である。五十三キロの体重は、入浴介助の看護助手さんたちにとっては毎週辟易していたのに違いない。ベッドから浴槽内のステンレスのリクライニング椅子に乗せ換える作業は二人がかりで大変な作業だ。座って体を洗い、寝かせて浴槽に沈ませて洗髪。体をじっくり暖めて洗い流す入浴設備は、豪華で贅沢な最高の設備だ。最後に浴槽の湯がみるみるうちに流れ出て、横たわった体に一斉にシャワーの湯が体を洗い流し、座位に戻り終了という極めて念入りな手厚い入浴である。

ベッドに戻され、待ち受けていたヘルパーの財津愛子さんが、部屋に連れ帰る。頭髪から足の先まで、全身をシーブリースをたっぷりと使って軽いマッサージ、ケアクリームを両手両足に塗布して終わるという作業をテキパキと片づけて、フンワリとしたガーゼの寝巻に着替えさせて貰うと、半植物人間とは思えない気品のある容姿に見えてならなかった。

「あー、良い気持ち、有り難う」

のひとことでもしゃべれたらなぁーと、どんなにか思ったことだったろうか。

その日は、ヘルパーの財津さんは、虫の知らせか手足の爪も綺麗に切って手入れを済ませたと報告をしてくれたことだった。

午後七時、会社から真直ぐに病室へ向かう。

入浴後のすっきりした表情だが、息遣いが少し荒い。血圧、脈拍異常なし、体温三十四・五度。今まで三十五度が最低だったので、計り直すが矢張り同じ、異常だ！

早速、羽毛ぶとんで体を包みこみ、その上に綿毛布を重ねる。一時間後三十四・七度。今までの経験上、夜半には正常に戻るだろうと判断した。

このところ、朝の清拭、夕の介護、火・木曜日の泊まり、会社の仕事と、疲労が極限に達していた。

「美智子、今夜は帰るけどね、明日は泊まるからねえ。大丈夫だから安心してゆっくり寝るんだよ。明日の朝まで、淋しいだろうが我慢してね」

「どうらあ、おやすみのキスしてあげるからね！」

左手で首筋を抱きかかえ、口づけをしてやると、

1997年9月 二人で宿泊したシェラトンホテルにて

じぃーっと何時までも見つめている。

「そんなに見つめられると、後ろ髪を引かれて帰れないじゃないか。大丈夫だからゆっくり休むんだよ」

やがて淋しそうなまなざしに見送られて病室を後にした。

九月九日、午前六時五十分、病院に向かおうとしていたその時、電話のベルで病院から異変を知らされた。

「奥様が先程心停止されました。急いで病院に来てください」

無機質な電話の先の声がエコーとなって何回も何回も止めどもなく耳を覆ってくる。

何時かこの日が必ずやって来るんだ、心の準備はしていたつもりだったが、溢れる涙は止めようもない。

これでやっと楽になれたねー、美智子ー。

冷たくなった美智子の頬に頬寄せてそっと別れの口づけをすると、再び悲しさがこみあげてきて美智子の頬に涙がかかった。もはや言葉にならない別れのことばをひとことひとこと大切に心に刻んでいった。

「再び巡りくることのないお前と俺の共に過ごした五十数年の人生をありがとう――。

思えば、この広い地球の中で、たった一人のかけがえのないお前との出会いだった。
そして今、ひとりぼっちで、遠い遠い何億光年か先の宇宙の果てから聴こえてくるコズミックブルース（COSMIC　BLUES）に抱かれて旅立つ美智子
「有り難う　美智子　サヨウナラ」
気品に満ちて、うっすらと微笑みすら感じられる美智子の冷たくなった頬に、朝の温かい太陽がまばゆく射しこんできた。

（注）白血球正常値四千〜八千五百。ヘマトクリック、女性の平均正常値三十五〜四十八。

（エッセイスト・クラブ作品集８　２００３年）

廻り灯籠

盂蘭盆を過ぎる頃ともなると、コオロギたちのすだく虫の音や、夜半に忍び寄る冷気に、もの想う秋の到来をいやが上にも感じさせられるものだ。

四季の移ろいは、まるで時計の針のように後を振り返ることもなく、確実に前へ前へと進んで止まることを知らない。

悲嘆に喘いだあの日から間もなく一年が過ぎようとしている。

初めて施主として迎えた妻美智子の初盆会は、一か月位前からあれこれと心をめぐらしながら自分なりに全体像を模索しつつ、生前の美智子らしい雰囲気を伝えられるような祭壇づくりを心がけたことであった。

浄土を彷彿させるような幻想的な廻り灯籠と、大好きだった花々に囲まれて、一見、仏事に相応しくないと思われそうな色とりどりの花々で祭壇の両脇を覆った。中でも赤紫のデンファーレと真っ赤な酸漿《ほおずき》のまわりを取り囲む黄色い小菊、白い清楚なグラジオラス、まるで貴婦人のようなグリーンのシンビジューム、五ケ瀬町桑野内地区特産の色とりどりのカーネーションを従えたたくさんの種類の花々は、きっと泉下の美智子の心を満足させることができたものであろうと思っている。

訪問客が去り独りになった夜更けの仏前で、そんな思いを遺影に向かってしみじみと語りかけたことであった。

美智子が眠る瑞真堂は、宮崎市中村町にある大本山永平寺御直末 曹洞宗 善栖寺に隣接して造られている。九州各地でも例を見ない豪華で充実した規模で清掃管理の行き届いた終《つい》の住みかである。

十五個の骨壺が一堂に入る大理石造りの収骨部の台上にある間口五十センチ高さ一メートル三十センチの木製御仏壇の中で、美智子は、ワイルドストロベリーの可愛いフォトフレームの中から気品のある微笑みで、今にも語りかけそうな雰囲気を漂わせている。

御堂の正面ひときわ高い祭壇には高祖承陽大師、太祖常済大師をはじめとした五体の半等身大の像が見事な御姿で安置されている。仏前に立つと荘厳さに思わず手を合わせ頭が下がる。日本の仏教文化の一端に触れた思いで、心がすっかり洗われた気持ちだ。

初盆を迎える家族にとって大変有難い「お盆御供養大施食会《せじきえ》法要」は、盆入りに先立つ八月十日午前十一時から荘厳な雰囲気の大本堂で始められた。

立錐の余地もない程の門徒の見守るなか、二十五名の僧侶が円陣になり本堂を巡りながら、一心に「般若心経」を唱え始めた。華麗な儀式は壮観そのものである。御本尊と向き合って反対側に設けられた仮設の祭壇には、初盆を迎える仏たちの位牌が賑賑しく安置されている。

やがて一人一人の位牌が野田素裕住職によって読み上げられると、冥府より辿り着き家族に迎えられた精霊達に向かって、今度は僧侶達が一列に並び進んで、一斉に「修證義」が力強く唱えられ、焼香が始まった。

「生を明らめ死を明らむるは佛家一大事の因縁なり　生死の中に佛あれば生死なし　但生死即ち涅槃《ねはん》と心得て生死として厭《いと》うべきもなく　涅槃として欣《ねが》うべきもなし　是時初めて生死を離るる分あり」

瞑目して聴きいっていると、思わず涙が湧き出て止まらない。

「無常たのみ難し　知らず露命いかなる道の草にか落ちん　身已に私に非ず　命は光陰に移されて暫くも停め難し　紅顔いずくへか去りにし　尋ねんとするに蹤跡《しょうせき》なし　熟《つらつら》観ずる所に往事の再び逢うべからざる多し」

僧侶たちが一心に唱える修證義の経文は、峻烈な響きをもって体中を駆け巡り、己の不徳にただただ恐懼するばかりだった。

精霊達を感動の渦の中で迎えた家族たちは、善栖寺恒例のお接待を頂いて、三々五々とさまざまな思いを心に抱きながら、本堂を後にしたことだった。

初盆三か日の美智子をもてなすお膳づくりは、かねての考えどおり、初日は夫である自分が作り、二日目は長女の且子、三日目は次女の邦子と順番を決めた。

三人が拙い腕ながら心をこめたお膳は、見ていて楽しいものだった。

五個のお椀の中味はすべて好物ばかり。初日のメニューは、富山の干柿入り大根なます、冬瓜のそぼろ煮、芋幹とベーコン煮込みの冷スープ入りのソーメン、コンニャクの刺身、グリンピースの煮豆。

二日、三日目と二人の娘たちの手の込んだ料理作りを見ていると、亡き母親に対しての思いをこめた手捌きに、また新たな感慨をおぼえることだった。

他界して間もなく、一年が過ぎようとしている今日この頃であるが、美智子へ対する感傷は、折りにふれ忽然として心の中に現れては、蜃気楼のように消えてゆく、そんな繰り返しが続いている。

神経内科医の赤嶺俊彦氏が、「これから先の美智子さんの人生は、坂の上からころがりおちていくような、早い時期に大きな変化が起こりますよ。したがって、今のうちにたくさんの思い出づくりをすることが大切ですね」と八年前の夏、言われたことが思い出される。

それからは休日毎に、二人していろいろな所へせっせと出かけたものだった。ショッピング、ドライブ、ディナー、県立芸術劇場でのコンサート等々。特に印象深いのは、数年前に亡くなったイタリアのトランペット奏者、ニニ・ロッソのコンサート。彼のベストセレクションの中からの曲目、「オリーブの首飾り」「哀しみのソレアード」等々は、毎晩耳にたこができるほど聴かされていただけに感動して、「よかったわね、私もう最高よ」なんて喜んでいたことが、脳裏に焼きついて離れない。

そんな楽しい思い出の時期を境にして、美智子の様子が少しずつおかしくなっていった。「溺れる者は藁をも摑む」の喩えがあるが、その頃「風水」を信じて、家中あちこちに大輪の向日葵の造花をクリスタルのフラワーベースに入れて飾っていた。或る日、ソファーで寝そべって本を読んでいたら、なんと、美智子が水差しから花瓶に水を差して廻っているのだ。クリスタルの花瓶の中に水が入っていないのは誰が見てもよくわかることだが、中の花が生花か造花かの区別がつかないのだ。もっともわが家で、今まで造花を飾ったことがないので、造花という意識が全くないのも理解できないことはない。

悲しい思い出の始まりは、このような出来事からだった。

「造花なんて飾って悪かったねー、美智子」。とはいっても真冬に向日葵の花を探すことは至難のことだった。

このような思い出が、山鳴りのように次から次へと全身におおいかぶさり、焼き絵となって印されてゆく。何かにつけて、思い出ばかりが体中を通り過ぎてゆくのは、妻を亡くした男達が、辿らなくてはならない宿命なのだろうか。

ベッドに横臥して、天井を見つめながらあれこれと思いに耽っていると、昔おぼえた短歌が、ふと心に浮かんできた。

白い天井が、まるでスクリーンのように、そして、その中をイリュージョンとなって映し出されてくる。

　あしびきの山鳥の尾のしだり尾の
　　ながながし夜をひとりかも寝む

万葉の歌人、柿本人麻呂の、恋しい人に逢えぬまま秋の夜長をひとり孤独に過ごさねばならぬ悲しみを詠んだ歌である。

古典短歌の真髄にふれるこの一首に、心が絡み合い、万葉の世界を漂ううちに深い眠りに入ったことだった。

（エッセイスト・クラブ作品集9　２００４年）

心のふるさと

東京都新宿区に住む次女の邦子が、東京農業大学時代の同級生、松木壮樹君と結婚して以来、早くも今年で三十年になる。毎年、年の瀬が近づいてくると、決まって送って寄越すのが、彼の故郷、長野県豊田村（現中野市）産の林檎である。

一度に食べきれない程の大きくて真っ赤な林檎を、皮のまま丸かじりすると、ガシッと歯ごたえのある果肉からは甘酸っぱい食感と、皮から伝わる太陽の香りが、いちどきに口中に拡がって、最高の味覚を伝えてくれる。

ああ、今年も暮れが迫ってきたなあと一瞬思うと同時に、見たこともない「りんご村」の風景が心に浮かんでは、まるで遠い日の想い出のように想像の世界を駆け巡ってゆく。

そのわけは、真っ赤な林檎がぎっしりと詰まった箱の両側面に、可愛いイラストと一緒に書かれた、文部省唱歌「故郷」の歌詞の印象が、余りにもりんごのイメージとピッタリ一致して、強烈だったからであろう。

兎追いしかの山、
小鮒釣りしかの川、
　夢は今もめぐりて、
　忘れがたき故郷。

如何にいます父母、
恙なしや友がき、
　雨に風につけても、
　思いいずる故郷。

誰もが自分の故郷と、歌詞の持つ清純なイメージとを、クロスオーヴァーさせながら昇華させられるのは、故郷を愛してやまない、日本人の心の美しさによるものだと思う。
松木君の話では、故郷、豊田村の最大の自慢は、信越高原の豊かな伏流水と、太陽の恵みをたっぷりと受けた日本一の林檎と、明治以来、日本国中の人々は勿論のこと、旧朝鮮、満州、台湾の人々にまで愛され歌い継がれている、文部省唱歌の数々を生んだ「文学博士　高野辰之」がこの地で生まれ、今もなお日本の代表的原風景の点在する豊田村で、それらの歌が書かれた、長野県民だけのものでない日本人全体の心の故郷だと、幾度となく誇らしげに熱い思いで聞かされたことだった。

「今年こそ是非行きましょうよ！　斑尾《まだらお》高原の冷たい湧き水に茹でたてをくぐらせた蕎麦は、最高の味ですよ！　信州そばが美味しいのは湧き水のすばらしさがあるからですよ。冷たい湧き水をくぐった蕎麦に、揚げたてのきのこ、山菜の天麩羅はもうこたえられません！今年こそ、『そば焼酎　雲海』をさげて是非行きましょうよ」

と、焼酎好きの彼らしい提案に、毎年食指を動かされたものだった。

蕎麦も良いが、やはり歌の原風景と出会いたいものと、数あるそれぞれの歌の、最高の季節は何時《いつ》なのだろうかと、いろいろと独りで心を巡らせたものだ。

菜の花畠に　入日薄れ、
見わたす山の端　霞ふかし。
春風そよふく　空を見れば、
夕月かかりて　におい淡し。

明治十九年四月、向学心に燃え往復十六キロの通学に耐えて高等小学校に通った若き日の高野辰之が、春の日の夕暮れ、家路へ急ぐ少年の眼に焼きついた思い。遠く霞む山々、黄金色の菜の花畑、その向こうには、千曲川の流れが夕日に映えてキラキラと光って見える。

この美しい叙事詩「朧月夜」の世界に浸ってみたいもの。そんな風景に出会って高野辰之が感じたピュアな世界をリアルタイムで味わうことができたらなぁ。毎年林檎が届くと、そんな思いにかられながら、長年同じ夢を見続けて時を過ごしたことだったが、思いもかけぬ不幸な出来事から、豊田村行きが実現したのである。

話は遡るが、平成十五年十月九日、高校、大学、社会人を通じて、登山、スキーと、スポーツマンとして、頑強な体力が自慢だった松木壮樹君が発病後、五十日余りで忽然として世を去ったのである。

酒豪で、一日六十本のヘビースモーカーでもあった彼は、いささか健康に対して自信過剰であったことが、残された家族にとっては悔やまれてならないことだった。

食道の嚥下異常に気付いて、友人の紹介で受診した東京女子医科大学第一外科教授の先生は、精密検査の後、家族を呼んで、「病名は、末期の食道癌です。すでに気道に転移していて、手術は不可能です」。完全な手遅れだった。食道壁に穴があき、胃液が気道に浸潤しだしているので、約二か月の余命でしょうと宣告された。

突然の事態に、家族は激しいおののきを感じさせられた。

妻である娘の邦子や二人の息子たちは、「残された時間を、家族で大切に過ごされるように」との諦めとも慰めともつかぬことばと、異変を感じたら何時でも救急車で駆けつけてくださいということばを背に受けながら、帰宅。なすすべのない自宅療養に入った。

急を聞いて駆けつけてみると、ベッドに背を凭れて起きていた。遠路宮崎から駆けつけてくれた義父に対して、元気な姿を見せようとして、気を遣っているなあと察して、

「横になって、横になって！」

と声をかけると、苦しそうに大きなため息をつきながら、

「この姿勢が一番楽なんですよ」

と、力無く答えた。横になると穴のあいた食道壁から胃液が気道に流れ込み、咳き込むので寝ていようにも寝ていられず、座っているのが楽な姿勢であったのだ。

余りにも突然で、残酷な事実は本人には最後まで知らせてなかった。時折咳き込みながら、か細い声で語りだした。

「そのうち元気になったら、一緒に田舎に行きましょうよ」

気力の失せた、虚ろで、何かを思うような彼の目の奥深くには、ついこの間のゴールデン

ウィークにも信州の山々を歩き回った登山、白銀の世界を滑走した数限りない想い出や、四季折々に美しい山脈に連なる信越五岳の姿が、脳裏をかすめていたに違いない。

二週間足らずで緊急入院。やがて帰らぬ人となった。享年五十三歳の短い生涯だった。

あれほど、故郷豊田村の美しさを熱っぽく語っていた彼との約束を実現することなく決別したことに、言いようのない深い後悔を感じさせられた。

平成十六年十月九日、新宿区百人町の「ホテル海洋」で、高校・大学の友人、登山・スキーの仲間たち、親戚一同が集まって、松木壮樹君の一年忌法要が行われた。彼を慕って集まってくれた多くの先輩、友人、後輩たちによって、しめやかさを通り越して、賑やかに盛大に行われ、「故郷」の歌の大合唱で法要は幕を閉じた。

締めの挨拶をわざわざかって出てくれた彼の眠る菩提寺の住職、飯山市蓮《はちす》(豊田村との村境)永國寺の小笠原住職は、

「松木君は今、法蓮山永國寺の山腹から、信越高原の山並みを眼前に、そして足許を流れる千曲川のせせらぎを耳にしながら、静かに眠っています。郷土の先人高野辰之は、飯山町から通じる寺の下の道路を歩きながら、一面に拡がる菜の花畑を眺め『朧月夜』を書かれたと言われている。そのような、またとないすばらしい日本一の故郷に眠っているんですよ。是非、一度彼の墓に線香を手向けにやってきてください。そして、日本の故郷の原点ともい

える豊田村の原風景を眼の当たりにしてください」

住職の熱弁に、「よし、来年三回忌には、皆で必ず出掛けるぞ」と決心したことだった。

平成十七年十月九日、雲ひとつない秋晴れの、澄みきった信州飯山市蓮にある法蓮山永國寺境内は、見上げるような金木犀の大木の、押し出すように大きく天に向かって伸びた幹の枝先から、咲き乱れる満開の黄金の花、辺りの空気をさえぎるように甘酸っぱい花の香りですっかり覆いつくされていた。地面は、まるで黄金の花のじゅうたんを敷き詰めたような美しさの中で、地下に眠る松木君は私たちを迎え入れてくれた。

花と線香、そして彼が終生愛し続けた「そば焼酎　雲海」がなみなみと、手向けられた。墓から眺める辺りの風情は、小笠原住職の話の通り圧巻だった。

手を合わせ瞑目すると、「さあ、出掛けましょうよ」という松木君の声が聞こえてくるようで、寺まで迎えに来てくれた松木君の従兄弟の風間光揚さんの夫人千恵子さんの案内で、近郷一の「そば処」へと向かった。

山あいの薄暗い木立の中で、ぽっかり開けた空間の横を湧き水が、ドクドクドクドクと音を立てながら流れている。手を入れると、季節はまだ十月初旬というのに、なんと冷たいことだろう。一見古びた感じながら洒落た佇まいの店に入ると、広い座敷には、四列の長テーブルに客が向かい合って大勢座っているのには驚いた。

「暖簾の店は、大概こんな辺鄙な場所に在るんですよ。それは、冷たい湧き水があるからで、蕎麦と湧き水は切っても切れない関係なんです」

との風間千恵子さんの説明は、一口食べた途端にすぐわかった。

木綿糸の束を丸めたように盛り飾った冷たい蕎麦をすすり、お目当ての舞茸と山菜の天ぷらをおもむろに口に入れると、まるで今まで一度も味わったこともないような至福感で、心の中は満ち溢れたことだった。

さあ、信州そばを楽しんで頂いた後は、豊田村が誇る、「文学博士　高野辰之」記念館に参りましょうと山を下り、中野市大字永江にある旧豊田村小学校跡の旧校舎を整備し、そのままの姿が残った記念館に到着した。

案内人の説明によると、文学博士高野辰之は、明治九年（一八七六年）長野県北部の旧豊田村（現中野市）の農家に生まれた。

「幼年時代を豊かな自然の中で育ちながら学問の道を志し、苦学の中からわが国近代の国文学に大きな功績を残した人物です。辰之は国文学に於ける偉大な教育者でありながら、『故郷』『紅葉』『朧月夜』などの日本のこころのふるさとを歌う文部省唱歌の作詞家としても名を残した。中野市の誇る辰之の足跡を、この記念館でとくとご覧下さい」

その声に案内されて、明治、大正、昭和と長い年月多くの児童たちが座り勉強したことであろう机を前に、小さな椅子に腰掛けて、大型スクリーンに引き寄せられた。歌と共に、歌そのままのふるさとのシーンが次々と繰り広げられた。こんなに美しい風景を、他で見ることが出来るだろうか。

「冬の夜」
灯火ちかく衣縫う母は
春の遊びの楽しさ語る。
居並ぶ子どもは指を折りつつ
日数かぞえて喜び勇む。
囲炉裏火はとろとろ
　外は吹雪。

雄大な斑尾山の麓の冬景色が眼の前に現れ、春を待つ農家の家族団欒の姿が映し出されると、思わず目頭が熱くなった。

「日の丸の旗」
白地に赤く
　日の丸染めて、
ああ美しや
　日本の旗は、

「紅葉」
秋の夕日に照る山紅葉、
　濃いも薄いも数ある中に、
　　松をいろどる楓や蔦は、
　山のふもとの裾模様。

「春がきた」
春がきた　春がきた　どこにきた。
　山に来た　里に来た、
　野にも来た。

「春の小川」

春の小川は　さら〳〵流る。
岸のすみれや　れんげの花に、
においめでたく　色うつくしく
咲けよ咲けよと　ささやく如く。

次々と繰り広げられる歌と映像の世界は、日本の故郷、豊田村の自然の美しさと、そこに住む人々の豊かな心を余すことなく伝えてくれたことだった。

「年間二十万人余りの観光客が訪れ、涙を流しながら、皆さん感動して帰られるんですよ」

とのことばは真実、訪れる人達の本心を表したものと思われた。

興奮と感動に火照った体で外に出ると、早くも心地よい秋風が頬に伝わってきた。

感動の余韻に浸りながら、「風間りんご農園」に向かった。従兄弟の風間光揚さん、千恵子さん夫妻は、この近在きっての篤農家として信頼のあるりんご農園主と、以前から松木君より話に聞いていた。

一町歩ほどのなだらかな丘は、斑尾高原の山懐の陽あたりと、足場の良い場所に在った。

この程度の広さの農園が三か所ほどあって、品種別、収穫期別に栽培しているのだと聞かされた。ちょうど、晩生種《おくて》の「ふじ」の収穫期に入ったばかりの時だった。

枝もたわわというより、重みで枝がポッキリ折れそうな真っ赤なりんごがなりさがっているという感じのする、見事な風情だった。脚立に乗って枝を引き寄せてりんごに頬よせたり、両手で抱き寄せたり、生まれて初めて経験したりんご園での楽しいひとときだった。

秋の陽は釣瓶落としというが、やがて斑尾高原に陽が落ち始めると、鈴なりの真っ赤なりんごがそよ風に揺られ、夕日とぶつかり合って、えもいわれぬ美しい光景を見せてくれた。

次女の邦子一家三人、長女の小坂且子、國勝夫婦等の一行六人は、その夜は風間邸で、心づくしの歓待を受け、車で二十分ほどの志賀高原山麓、湯ノ谷温泉に向かった。

主役の松木壮樹君の居ない彼の故郷、豊田村訪問は、このようにして終わった。生前の約束を遅ればせながらも、やっと実現させた安堵感と、寂寥感の交錯する中、濛々と立ちこめる深夜の温泉に首までつかり瞑想すると、湯気の向こうから、先ほどの記念館で観た大型スクリーンに映し出された「朧月夜」の唄が聞こえてくるようで、何回も何回もフラッシュバックして心をときめかせてくれたことだった。

（エッセイスト・クラブ作品集11　２００６年）

朝《あした》の天使

お盆休みの朝の茶の間、ハイバックのソファーに深々と体を沈めて、テレビの高校野球を観ながらのうたた寝は、何よりの寛ぎのひとときだ。

網戸越しに吹き込む東の風は、まるで美女がそばに侍って、大きな団扇で煽いでくれているような、さわやかな心地。ついうとうとと、無我の境地に誘いこまれてしまう。

毎年夏休みのお盆の頃、こんな朝の繰り返しが続くが、心に焼きついた亡き妻、美智子との、夏の日の想い出がきっとそうさせているのではないかと思っている。

茶の間の北角には、昔からこの場所にテレビがあり、その左側は引き戸で、ガラス戸を開くと裏庭へと広がっている。

我が家は典型的な日本家屋のモデルのような、田の字型の造りで、東西南北からの風が家中を吹き抜けて、朝夕は冷房知らずの快適さである。

美智子は一九九七年十二月、ビンスワンガー症候群による痴呆症と、慢性腎不全という重い病気におかされ、二〇〇三年九月に他界したが、現実から遊離した無邪気さの漂う世界を、向き合って会話した約五年間は、心の中で独り、泣き笑いの繰り返しであったが、美智子にとってただ一人の理解者であり、夫であったのではなかったかと信じている。

爽やかな冷たい風の吹き込むこの部屋で、くの字型に置かれたソファーの片方に、姿のない美智子が時折話しかけてくれるような錯覚を感じさせられることが屡々《しばしば》ある。

裏庭正面のすぐ前に、二メートル四方の四角い竹垣の囲いの中に枝を広げ、三メートルほどの高さに生い茂ったハイビスカス、美しく無数に咲く花々を眺めていると、なおさらその想いにかられる。

美智子はその位置から毎朝の日課のようにハイビスカスの花を指さしては、「一つ、二つ、三つ、四つ、五つ、六つ、七つ、八つ、九つ、十」と数えては、

「ねえ、貴方、今日は三十五も咲いているよー。ほうら見てごらん」

と、幾度となく花を数えては、花の咲き乱れる様を楽しんでいたものだった。

五弁のそれぞれ縮れた花弁は合わせると大人の掌くらい。それはまるでアメリカ芙蓉の花のように、深紅の縮れが朝の太陽の光を浴びて、見事な美しさを見せてくれる。

二十年くらい前のこと、長女の旦子が買ってきた鉢植えの花が、あまりにも美しく印象的に感じたのであろう、現在の場所に地植えして毎年楽しんでいたものが成長して、今日では、

美智子とのよすがのあかしとして残っているのだ。

一九八七年夏、香港に旅行した折、中国国境を越えて広州から中山県に孫文の生家や記念館を訪ねたことがあった。

偉大な中国の革命の指導者として著名な孫文は、医師としても生地で活躍した足跡が残っている。その時、生家と医院に接する境に生い茂るハイビスカスが、南の太陽を浴びて美しく咲いている姿を見て、感動した。

煉瓦塀の境の一角におおよそ長さ五メートル、幅二メートルほどの竹の囲いの中で、茂みの高さは三メートルほど、今まで見たこともないような美しさで咲き誇っていた。

あまりにも印象的な出来事だったことを鮮明に覚えている。

帰宅後、早速出入りの植木屋さんに頼んで、孫文家にならって、ハイビスカスの茂みの囲いを造ったことだった。

ハイビスカスの花は夜明けとともに、太陽の輝きに呼応するかのように真紅の花を開く「朝《あした》の天使」。

その生命は、夕日の沈む頃まではかないものではあるが、明日の朝になると、茂みの中から再び無数の花を咲かせ、その健気な姿を見ると、まるで不死鳥のような不思議さを感じさせる花だ。

作家、林芙美子は、「花の命はみじかくて　苦しきことのみ多かりき」と詠んでいるが、ハイビスカスには力強いエナジーと不屈のパワーが湧いてくる。

童心に返り、花の数を数えるのみの知力の衰えゆく中で、生きるパワーを授かっていたのかもしれない。

美智子は戦中戦後の女性の多くがそうであったように、華道の師範の心得があったせいか、花木を愛する心は人一倍であったように思う。紅空木《べにうつぎ》、紫空木、庭梅、魚龍梅等々、庭のあちこちに根づいて、四季折々にそれぞれの花の色彩が眺められ、想い出が生きている。

ビンスワンガー症候型痴呆の場合は、アルツハイマー型の典型的症状である徘徊性がなく、最後まで人格の欠落がないのが特徴であると言われているが、介護に携わる世の多くの夫や妻たちの精神的苦痛は、並大抵のものではない。

1997年10月、医師に余命を宣告され、
体の動くうちにと２人でえびの高原へでかけた

日常、ベッドで過ごしているのに、夜になると居間の押入れから布団を出して、枕を二つ並べて早く寝ようよとせがまれたり、寝室に行くと、早く家に帰ろうよと、畳の上で過ごした過去の、布団での日常生活が心をよぎり、かたくなに現在を否定する心には、悲しさを通り越して、時には怒りが頂点に達することもしばしばあったことだった。

「ごめんよ！　ゆるして」

と哀願する態度に、しまった！　何でこんなことを言ったんだろうかと自問自答して、手を引いてベッドに寝かすと、安堵した顔つきで、

「ここ、どこのホテル！　泊まって明日家に帰ろうね！」

先ほどまでのやりとりはケロリと忘れてのことばにホーッとしたり。そんなやりとりの後、やっと眠りに就いてくれた時には、いちどきに、どっと疲れが全身を走りすぎてゆく。安らかな寝息を耳にしながら寝顔を見つめると、健常な時とちっとも変わらない、優しい愛に満ち溢れていた頃の寝顔そのものだ。

僕たち二人の愛も終わりに近づいてきたのかなぁーと、ふとそんな思いが心をよぎると、胸の中が熱くたぎってくるのを覚える。

過ぎ去った時のこと

いろいろな楽しかったこと、
お前とかわしたすべてのことばが、
心の中を走りすぎていく。
目を覚ましてごらん、
二人で今、色あせた愛の思い出にひたろうじゃないか！

没後四年、毎年お盆休みになると無性に思い出させられるのは、お盆で冥府より里帰りしている美智子が、

「私のことをいつまでも忘れないでね！」

と、それとなく背中を押しているのであろうと思っている。

涼しい朝の茶の間のひととき、ソファーに身を沈めてしばし微睡むなか、美智子との短い出会いにひたれるのは、未だ二人の絆の確かさの証であるに違いない。


（エッセイスト・クラブ作品集12　２００７年）

弐の章

マイ・ブルー・ヘヴン

心の底から痺れるようなスウィート・バラード、若さと情熱を思いっきり燃え尽くすようなロックンロール、洋楽の魅力に惹かれて夢中になって聴き始めてから、考えてみると随分久しいものになる。

戦時中でありながらも、植民地（当時の朝鮮）での比較的自由な日常生活にあって、手廻しの蓄音機で、ＳＰレコードを有頂天になって聴いたものだった。ボタンひとつで好きな曲を選んで聴けるＣＤの時代の到来、六十数年の時の流れを振り返る時、感無量のものがある。

音響機器のめざましい発展ぶりと呼応して、ソフト面では、感性溢れる名曲、そして、魅力的なボーカルワークで、聞く人を魅了するシンガーたちの輩出。二十世紀は、そんな不世出の名曲や、シンガーたちが数多く誕生したことであった。

洋楽の魅力は、何といっても日本の演歌には見られない、エモーショナルなフィーリングがダイレクトに伝わって、臨場感をかもし出してくれるのが最高に嬉しい。

ある時、アメリカ人の友人に、「どうして欧米の人たちはこんなに歌づくりや、歌い方がすばらしいんでしょうね、一体その背景はどこから来てるんでしょうか」と尋ねたら、即座にでた言葉は、

「それは宗教心からでしょう。幼い時から両親に手を取られて教会に通い、聖歌隊の少年少女たちと、大人も子供も一体になって、聖歌を歌ってるんですよ。そのような環境から、成長するにつれて、感性が自然に備わってくるのではないでしょうか」

なるほど。考えてみると日本人は、小学校で童謡を習って成長してゆくが、子供は次第に演歌の世界に大人の真似をして歌いたがる。そのあたりのベーシックなところから、大きな差があるように思えてならなかった。

特に戦後の一九四五年（昭和20）以降、映画のサウンドトラックから受けた情緒性、明るさ、情熱、人間愛等々、影響ははかり知れないものがある。

そんなことを考えながら、洋楽との最初の出会いを思い出すと、それは四二年（昭和17）旧朝鮮仁川中学二年生の冬、折柄、日本は米英両国を相手に太平洋戦争に突入し、戦勝気分に浸っていた頃、親友のY君の家でのことだった。

小学、中学と一緒に進学した親友のY君の家は、当時の仁川市の花柳界のはずれにあった。

綺麗どころの芸妓さんを十人程抱えた、仁川では名の通った「置家」さんだった。

思春期を通り過ぎたばかりの少年にとって、艶めかしい色香の漂う置家さんの潜り戸を開いて、玄関までの十歩足らずの打ち水した石畳を踏む時は、心臓がまるで早鐘のように打ったものだった。幾度となく通った当時のことが、今でもはっきりと思い出される。

そんな繰り返しのある夜のこと、お茶を挽いて、おこたの中でレコードを聴いていたお姐さんが、

「啓ちゃん、このレコード一緒に聴いてよー、私なんだかすごくブルーなのよ」

山口県の高等女学校を卒業したという、インテリ風芸者の明るい彼女から、親友のY君と一緒に、当時珍しかった「ヴァンホーテン」のココアなどをよく飲ませて貰ったことだった。

そんな彼女と、一緒に聴いた曲が「グッドナイト・アイリーン」。ワルツによるインストゥルメンタル・バージョンだった。

何回も何回も聴いているうちに、心にこみ上げる何かにすごく感動させられた。本来明るく響くワルツであるのに、なぜかブルージーに訴えてくるメロディラインに、心を打たれ、すっかりそのとりことなってしまった。

黒人死刑囚レッド・ベリーが愛する妻を想って、切々と訴えるこの歌が獄中から発表されると、ラジオのDJを通じて、アメリカ全土に感動の渦が巻き起こり、やがて多くの心ある

人々の助命嘆願が行われ、釈放された。その後、彼はアメリカフォークソングの源流を創った中心的存在の一人として活躍し、「グッドナイト・アイリーン」は、戦後スミソニアン博物館に永久収蔵されるという、一九三〇年代のアメリカ南部で生まれた歴史的名曲であった。

そんないわくのある、超有名曲とも知らずに聴いたこの歌の由来と歌詞は、戦後の四八年（昭和23年）に日本に引き揚げてきて、ナット・キング・コールとフランク・シナトラのレコードで初めて知ったことだった。

ある日曜日の午後、当時橘通二丁目にあった西村楽器店で、棚の中の無数のレコードを、パタ、パタ、パタ、パタ、と音を立ててめくっては、お目当てのレコードを探していた時のことだ。その時、なんとなく聞き覚えのあるメロディがフランク・シナトラの歌声で店内に流れてきた。まさにそれは探し求めていた「グッドナイト・アイリーン」だった。一瞬背筋がブルッ、ブルッと震え、長年探し求めていた失った宝物に出合った喜びで、最高の感動を覚えたことだった。

それからは、くる日もくる日も「グッドナイト・アイリーン」で、夜も日も明けない毎日である。アイリーンが、まるですっかり心の中の恋人として、居座ってしまったことだった。

そして、自分で言うのはちょっと気がひけるが、その当時、少年であった自分の感性の鋭さに、少なからず驚いたことだった。歌の内容とは関係ないが、そんな鋭い音楽への感性が養われたきっかけは今思い出すと、秘かな異性への、ほのかな愛の目覚めからではなかったかと、当時をしのんで懐かしがっている。

リアルタイムでその時代の音楽と共に生きてきただけに、音楽の時代背景や、ビルボードを賑わしたヒット曲、多くのシンガーたちの思い出は尽きないものがある。

中でもフェイバリットなシンガーの衝撃的な出来事には、悲しみの涙で随分と頬を濡らしたものだった。そのような中の一人にサム・クックがいる。

六四年（昭和39年）十二月十一日、当時アメリカに於いて最も愛され信頼された黒人ゴスペル・ソウルシンガー、サム・クック（一九三一―六四）の無残な最期。

コンサートを終えてのことだ。ロサンゼルスのモーテルで、白人女性主人と些細な口論の末、ピストルで撃たれて死亡、三十三歳の若さで惜しまれて世を去った。

彼の葬儀には雪の降りしきる寒さの中を、二万五千人余りのファンが、シカゴのバプテスト教会に集まり、盲目のソウルシンガー、レイ・チャールズが、サムの死後最後の全米№1ヒット曲となった「ア・チェンジ・イズ・ゴナ・カム」を歌ってサムの霊を弔い、多くのファンの別れの涙を誘い、送ったことだった。当時のビデオを見ながら、悲しさのあまり号泣したことが、ついこの間のことのように心に浮かんでくる。

昨年六月、その、レイ・チャールズが亡くなり、彼の葬儀に、今度は白人シンガー、ウィリー・ネルソンが、彼の№1ヒットナンバー「ジョージア・オン・マイ・マインド」を歌って彼の霊に捧げたのは、印象的だった。

こんな人間愛の極致ともいえる姿を見ると、音楽がもたらす文化の偉大さをしみじみと感じさせられるものだ。

アメリカの音楽社会では、白人黒人共に人種の別なく、カテゴリーを超越してクロスオーヴァーさせながら、豊かな感性を繰り広げている。そしてその一方では、世界中の多くの音楽ファンに夢、希望をあたえ、様々なイマジネーションの世界に没入、陶酔させてくれる。

一九九〇年代、世界のロックシーンを賑わせたグループ「ジャーニーズ」の世界的ヒット曲に「ライツ」(灯)という曲があるのを覚えている方も多いと思うが、ロックバラードの最高峰をゆくと信じるこのナンバー、歌も内容もすばらしいが、シチュエーションが美しく、感動と共に陶酔させられる。

「サンフランシスコの夜明けに、離れて住む恋人に思いを寄せていると、シスコの丘に立つ家々の灯りがひとつ、またひとつ消え、やがて朝もやに包まれたシスコの街が幻想的に霧の中に浮かび上がる……」

そんな姿を表現した曲である。聴くたびに自分自身がヒロインになったような錯覚を感じ、機会があれば体験したいものだと思っていた。

九五年三月、その思いがかなった。丘の上のヒルトンホテルから、午前五時タクシーで、ゴールデンゲートブリッジを一気に走って、対岸のオークランドの岬に腰をおろし、夜明けの霧のサンフランシスコ「ライツ」のシーンを体感した。まさに歌の通り、寸分違わなかった。寒さと感動の極みで、体がガタガタ震えたことが今でも目を閉じると浮かんでくる。

この次は、ウエストコーストを代表するロックグループ、イーグルスの代表曲、「ホテル・カリフォルニア」の幻の世界を求めて、歌の発想の原点となった西部を思いっきり走ってみたいものだ。

この他にも、「エルヴィス・プレスリーの故郷・メンフィス」をはじめとして、ジョージア、シカゴ、マサチューセッツ等々、カリフォルニアの青い空を仰いで、歌の世界への憧れは果てしなく続いて止まるところを知らない。

白人たちの歌う力強く情熱的なアメリカンロック、黒人たちの哀愁の中から神をたたえ、明日への祈りを込めたゴスペル、リズム・アンド・ブルースの歌声は、二十一世紀のこれから先の新時代を生きる人々に、更に大きなエナジーと希望を与えてくれることだろう。

（エッセイスト・クラブ作品集10　２００５年）

サム・クックへの追想

ケネディ元米国大統領が暗殺されて、早くも三十年の歳月が過ぎた。十一月二十二日の没後三十周年記念日を前に、同月二十日米国上院でブレイディ短銃暴力防止法案が可決された。これは、ケネディ元大統領に対する追悼の意味と、昨年十月、留学先の米国ルイジアナ州で射殺された服部剛丈君に対して、米国民のせめてもの良心のあかしとして、日本国民に受け止められたことである。

西部と東部では、約三時間の時差のある広大な米国…、開拓者時代の昔から、今日まで、自己防衛の手段として銃の所持は公認のことであるが、歴史的背景だけを中心にした考え方が、多民族化した今日の米国内の治安事情を、一層悪化させた要因ではないか。

短銃による犠牲者の中で、音楽ファンにとって忘れられない人がかなりいる。熱狂的なファンの凶弾に倒れたジョン・レノンの死(一九八〇年十二月八日)は、世界中のビートルズファンを、悲嘆のどん底に陥れた。ソウル・シンガーのマーヴィン・ゲイの死(一九八四年四月一日）は、もっと悲惨。奇しくも彼の四十歳の誕生日に、牧師である実父と口論の末、至近距離から撃たれて死亡した事件である。後にダイアナ・ロスが彼の死を悼み「追憶」という曲を歌って、ファンの新たな涙を誘った。

リズム・アンド・ブルースの先駆者であったサム・クックの死（一九六四年十二月十日）は、ある意味では人種差別の渦中での犠牲者であったかもしれない。コンサートを終えて、宿泊先のモーテルに引き揚げてきたときの些細なことが原因。黒人である彼の手が、白人女主人の肩に触れたことに立腹したその女性が、短銃で撃ち死亡させた。黒人蔑視の典型的な死で、後に女性の正当防衛と結論づけられた。まさに救いようのない結末であった。

サム・クックがゴスペルからリズム・アンド・ブルース、ポピュラー音楽へと華麗な転進の中で、音楽界に残した足跡は、世界中のファンの、今もなお認めるところである。

筆者が、パーソナリティを務めるＭＲＴラジオ「アンクルマイクとナンシーさん」（毎週日曜夜九－十時放送）では、明晩この悲運のシンガー、サム・クックを特集してお届けする。排他的ともいえるゴスペルの世界から転進してゆく歌手生活は、苦難と華麗さの交錯する十四年間で、あったかに思うものがある。米国におけるブレイディ法案の可決、という意義ある歴史の転換が、世界の市民生活に、安全で平和をもたらすきっかけになることを祈るものである。

（宮崎日日新聞「読者論壇」　１９９３年12月４日付）

ラヴ・ミー・テンダー

旧臘十二月十四日号のニューズウイーク誌上で、「マスコミは無責任にも、誤った事実を広めている」と怒ったのは、マイケル・ジャクソンとの結婚生活が早くも暗礁に乗り上げたと報じられた、妻のリサ・マリー・プレスリー。「マイケルと私は、とても幸せに暮らしているわ」という反論の記事と、仲睦まじそうな写真が掲載されているのを見た。

一九七三年、エルヴィス・プレスリーの妻、プリシラが娘のリサと共に、マウイ島出身の空手教師マイク・ストーンの許へ走ったシーンが心に浮かんだ。エルヴィスを裏切り、浅黒い肌の男らしいスポーツマンの愛人と、不倫に生きたプリシラ。そんな母親の愛の軌跡とは異なるが、意表をついたマイケル・ジャクソンとリサ・マリー・プレスリーとの結婚は、世界中を驚かせたことだった。

「しばらく、この二人はそっとしていてあげよう」と、記事は締めくくっていたが、ともあれ父親エルヴィス・プレスリーにとっては、天国から娘の幸せに目を細めていることかも知れない。

一九五六年。エルヴィスは「ハートブレイク・ホテル」でロックの帝王へと、映画「ラヴ・ミー・テンダー」で、スターの座を摑んで以来、多くのヒット曲と映画に主演した。野性的なパフォーマンスのステージ、映画では、スウィートなバラードを歌って、大衆の心を奪ったテクニック。主演した映画は、なんと三十二本にも及ぶ。

エルヴィスの人間性を知る上で、隠れたエピソードが幾つかあるが、そのひとつに真珠湾で戦死した米国海軍の戦死者たちを祀る、アリゾナ記念館の建設に奔走したことである。

アリゾナ記念館の建設は、一九六一年、米国議会で十五万ドルの予算が認められ、実現に向かってスタートした。そして、太平洋戦争記念委員会によって募金が始められた。エルヴィスは、チャリティ公演で大衆に訴え、その益金で多額の募金に応えた。記念館には、蔭の功労者である彼の名は残されていない。愛国的行為は、米国民に高く評価されている。タワー・レコード、ホノルル店のエルヴイスコーナーには、彼を愛する市民たちでにぎわう。

そんな彼が生誕して一月八日は、六十年。かってのロックの帝王も日本流では還暦。時代の変遷を感じる。八日夜九時から放送の、ＭＲＴラジオ番組「アンクル・マイクとナンシーさん」で、彼の音楽の真髄に、たっぷりと触れてみたい。

（宮崎日日新聞「読者論壇」1995年1月7日付）

伝統楽器から現代前衛楽器へ

日常、私達が耳にする音楽、それらを演奏する楽器は、その殆どが欧米から伝来したものばかりである。そんなことを考えながら改めて、日本の伝統音楽を伝える楽器を考えてみると、宮廷での雅楽を演奏する「笙」「篳篥《ひちりき》」「鉦」「太鼓」。歌舞伎、演劇では、「鼓」「琴」「三味線」「尺八」「笛」と、洋楽器に引けをとらない多彩な楽器が、伝統文化を創り上げていることがよくわかる。じっくりと味わい深く聴き入っていると、和楽器のすべてには、幽玄の奥深い境地に誘い込まれる感じがしてならない。

戦後まもなく旧朝鮮から引き揚げ、宮崎市に移住した頃の生活文化の相違は、今でも強烈な印象として心に残っている。それは民謡「ひえつき節」「刈干切唄」「鵜戸さん参り」等の尺八、三味線の演奏に乗った哀愁のメロディーラインだった。今まで一度も耳にしたことのない宮崎県の民謡のかずかずが、歌い手と、楽器が一体になって、イマジネーションの世界に没入させられたものだった。それは日本に引き揚げて初めて体感した強烈な「宮崎の文化」であったことが今でも鮮明に思い出される。

あれから六十有余年、伝統楽器から現代前衛楽器にイメージを転進させた「村上三絃道」の三味線の世界、そのめざましい活躍と精進には、心から感動を覚えている。

今、アメリカ音楽界では、白人音楽と黒人音楽とのクロスオーヴァーが、その斬新さでシーンを賑わせているが、最近の「家元」の活動は、各方向とのコラボレーションによる新鮮さが、音楽界に於ける大きな反響となって、アメリカに於けるそれらにも勝るものとして伝わってくるのは嬉しい限りだ。伝統楽器を駆使して、新たなる創造へのチャレンジを、心から願うものである。

（村上三絃道）

洋楽三昧六十余年——ラジオで、リスナーと共に——

改めてじっくりと表題を見つめていると、まるで、川の流れのように歳月を走り続け、洋楽を愛し過ごした人生が、セピア色の遠く彼方の宇宙から、逆回転しながら駆け込んでくるような感慨に迫られてくる。戦後間もないベビーブームで生まれた第一世代から、第二、第三世代の時代に到っている今日、時代と共に音楽の世界も、大きく発展的変化の連続である。

一九五〇年代以降、白人音楽に象徴されるロックンロール、熱狂的黒人音楽のリズム・アンド・ブルース。人種を超えたワールドミュージック、レゲエ、等々。カテゴリーを超えて、クロスオーヴァーした新しい音楽は、人々に希望と勇気、人間愛、等々、豊かな感性と癒しの心を与えてくれたことだった。

リアルタイムで時代と共に洋楽に親しんできた戦後から今日までを振り返る時、さまざまな思いがこみ上げてくる。

一九四二年旧朝鮮で過ごした中学二年生の頃、友人宅でふとした機会に聴いて、感性に目覚めた印象的ワルツのインストルメンタルの一曲、それは「グッドナイト・アイリーン」という題名の曲だった。

一九五一年のある日。その頃折にふれ、レコード店をのぞいては想い出の曲を探していた時のことである。偶然にも店内放送で流れてきたボーカルに、背筋がブルブルと震える程の驚きを感じた。戦後ずっと探し求めていた想い出深い「グッドナイト・アイリーン」。それはリリースされたばかりの、ナット・キング・コールのソロデビューアルバムの中の一曲で、黒人男性ハディ・ウイリアム・レッドベターが、死刑囚として獄中に在ったとき作ったプリズナーソング。詩の内容を理解した時、少年の頃感じた自分自身のスピリッツ、感性に、驚いたことだった。

同時期に、フランク・シナトラ、そして、モダンフォークの元祖的グループ、ウイヴァースによって出た同曲は、白人社会に大きな影響を与えたことだった。

一方で一九五〇年代、ポピュラー音楽の世界では、ロックンロールの台頭によって大きく様変わりしたものだった。白人シンガー達のカントリーミュージックをベースに、黒人音楽のR&Bを融合させて出来たロックンロール、出来上がった新しい音楽は、ムーディーなバラードタイプの音楽を愛したアダルトから、一転して若者達の世界へと、大きく変化のうねりの時代へと突き進んだことだった。

ロックンロールの先駆者、エルヴィス・プレスリー。彼は生後三歳の頃から両親に連れられて教会に通い、聖歌隊の人々の足下で、見様見真似で教会音楽に触れて成長しただけに、彼の音楽にはその原点であるゴスペル唱法の力強さや、優しさを垣間見ることが出来る。それらの豊かな感性が、多くの若者や、アダルトたちに愛されたのではないだろうか。そのことは、彼の人間性にもよく現れている。

一九五六年、エルヴィスは「ハートブレイク・ホテル」でロックの帝王へと、映画「ラヴ・ミー・テンダー」で、スターの座を摑んで以来、多くのヒット曲と映画に主演した。野性的なパフォーマンスのステージ、映画ではスウィートなバラードを歌って、大衆の心を魅了したことだった。主演した映画は、なんと三十二本にも及び、サウンド・トラックによる映画の魅力は、この時以来、確立したものと云えよう。

エルヴィスの人間性を知る上で、隠れたエピソードが幾つかあるが、その最たるものに、ハワイ州、真珠湾で戦死した海軍の兵士達を祀るアリゾナ記念館の建設に奔走したことがある。アリゾナ記念館の建設は一九六一年、アメリカ合衆国連邦議会で十五万ドルの予算が承認され実現に向かってスタートした。そして太平洋戦争記念委員会によって募金が始められた。ハワイ州が十万ドル、残りの二十五万ドルが全米から集められた。

エルヴィスは、ホノルルで積極的にチャリティ公演を行い大衆に訴え、その収益金のすべてを募金に拠出し、犠牲になった兵士への追悼に捧げられた。そのエピソードは米国民に高く評価され、ホノルル市アラモアナ地区に出店するタワーレコードホノルル店では、エルヴィスの功績をたたえるかのように、広々とした特設コーナーが設けられ、彼を愛する市民たちでにぎわい、顕彰されているのを見てもよくわかる。幾度か訪れるたびに、エルヴィスの熱い心にふれる思いだった。

六〇年代に入ると、ロックンロールに対抗するかのように、ダンスミュージック、フォークロックのグループが次々に誕生し、ブラザーズフォー、ピーター・ポール&マリー、ボブ・ディラン、レオン・ラッセル等をはじめとした活躍が浮上して、新しいシーンを創り出したことだった。そんな中で彗星の出現のように世界の注目を集めたのが、ビートルズであり、サイモン&ガーファンクルの二組のグループだった。

1996年 アメリカ旅行からの帰途、機内にて
ファンクグループ「バーケーズ」のメンバーと

アメリカ合衆国では、人権問題、人種差別、そしてベトナム戦争と、国内外での紛争に直面していた時期であっただけに、世界の人々は彼等の歌声によって随分と、人間愛の原点に触れた思いで癒されたことだった。

特に愛と友情を謳ったサイモン&ガーファンクルによる「明日に架ける橋」は、絶賛を浴び、白人社会は勿論のこと、黒人社会の人々も巻き込んで、様々な表現で多くの黒人・白人たちシンガーによって歌い継がれ、今日に及んでいる。二十世紀不出世の曲として高い評価を与えられている。聴く度に、深く心に沁みるフェーバリットな一曲である。

一九六〇〜二〇〇〇年代にかけては、多くのジャンルでミュージックシーンを代表するシンガーたちが輩出したが、不幸な出来事や、事故や病気で惜しまれて世を去った著名なシンガーたちの名が想い出される。

ゴスペルシンガーからソウルシンガーへと転進して、白人ロッカーたちの信望の厚かった、サム・クック。ニューヨークの白人中心のナイトクラブ「コパカバーナ」に於て、初の出演での白人ファンの熱狂的声援。そんな人気絶頂の頃、ロサンゼルスのコンサートを終えた後、宿舎のモーテルで、白人女性支配人の拳銃によって無念の落命。

世界のソウルファンの信望を一身に集めた、セクシーなヴォーカルスタイルのマーヴィン・ゲイ。ビートルズで世界のファンを魅了したジョン・レノン。何れも不幸な銃弾による終焉だった。そして清純で魅惑の歌声が今でも心に残るカレン・カーペンター。奔放な愛に生き、ロックを愛し続けた女性、ジャニス・ジョプリンのオーヴァードラッグによる死。公民権運動の渦巻く中、男性の愛の前にひざまずく、女性を演じ歌った、タミー・ウィネット。カントリー・クイーンの一人パッツイ・クライン。最近ではソウル界の代表的シンガー、ルーサー・ヴァンドロス、レイ・チャールズ等々、時の流れは彼等の足跡が、砂山の風紋のように、風に消えてはまた風に運ばれて、何時までも心から消え去ることはない。

戦後の音楽の歴史をひもとく中で、特に映画音楽、サウンド・トラックは多くの人々に影響を与えたものであったことと思う。映画の内容もさることながら音楽から受けるイメージの展開には、人々の心は大きく引きつけられたことだった。多くの感動に溢れた作品の中から振り返ってみたいと思う。

一九五五年の映画「慕情」、ラストのシーンで、恋人と最後の時を過ごした丘の上で、朝鮮戦争で殉職した恋人の死を悲しみ、一人泣きくずれるクライマックスシーン。フォーエイセスのささやきかけるようなコーラスに涙したことだった。

一九八二年の映画「愛と青春の旅立ち」。孤高のロッカー、ジョー・コッカーとジェニファー・ウォーンズのデュエット曲。一九八三年の映画「フラッシュ・ダンス」。黒人女性シンガー、アイリーン・キャラの歌った「ホワット・ア・フィーリング」はなんと、全米ヒット・チャートで連続六週間№1を記録した。一九八四年には、映画「フットルース」。青春映画にピッタリのメイン・テーマ、ケニー・ロギンスによる「フットルース」やロック・クイーンの一人、ボニー・タイラーの「ヒーロー」等々の大ヒット作品が誕生した。

そして時を経ずして、ケニー・ロギンスによる映画「トップガン」のメインテーマ曲「デンジャー・ゾーン」。女性コーラスグループ「ベルリン」による「愛は吐息のように」の連続大ヒットで、映画音楽がもたらしたその影響力に更めて驚異を感じさせられたことだった。

このように限られた洋楽の世界の幾つかのジャンルを取り上げて、ふり返っただけでも、様々な感動が激しく伝わってくるが、生活文化の異なる日本の音楽ファンの心に響く感性は、世界共通であることが何よりも嬉しい。

洋楽を身近に受け止め、「生活の中に潤いと感性を」をモットーに一九八四年十月にスタートした、筆者がパーソナリティーをつとめる、MRT宮崎放送ラジオの番組「ア

2009年 MRTラジオ「アンクルマイクとナンシーさん」25周年記念パーティー（宮日会館にて）

ンクルマイク&ナンシーさん」が先日、放送開始二十五周年を迎え、宮日会館ホールで、県内外の著名なアーチストを招いて、コンサートを行うことが出来たが、来場者の讃辞を浴び、六十六年に及ぶ洋楽との人生に、爛漫の桜花を見た思いがしたことだった。

MRTラジオ「アンクルマイクとナンシーさん」
河野俊嗣宮崎県知事をゲストに迎えた夏の特番
(アンクルマイクの「サマークルージング」2015年7月)

戦後の日本の経済復興を担って、繁栄の歴史と共に生きてきた若者たちから、今日の世代の人々まで、音楽を通じて「自由」を謳歌できる喜び、活字文化から受ける知識の向上と相俟って、幅広い音楽文化から受けた戦後の日本人の感性が、今日の我が国の知性を支える大きな礎石となって拡がりが見られることが限りなく喜ばしいものだ。

(音楽文化の創造　2009年)

パーソナリティ二十五年

つい先達て、古くからの友人で、東京の中央画壇で活躍中の女流画家、M女史が、久しぶりに訪ねてくれた。五月に友人と二人で出掛けたフランス一周旅行のおみやげ話で楽しい時を過ごしたことだったが、その時、おみやげに頂いたのが、セリーヌ・ディオンのフランスでの最新ライブ版。国内未発表の貴重なCDは、迫力のあるセリーヌの、最高の出来とも言える作品だった。

感性溢れるM女史が選んだCDの、収録曲のそれぞれには、心を動かす秘められた何かが、潜んでいるように思えてならなかった。なかでもそのひとつ、エリック・カルメンによる一九七六年三月の大ヒットナンバー「オール・バイ・マイセルフ」のカバー曲にはさまざまな思いが交錯して、心を奪われたことだった。

まったくの独りっきり（オール・バイ・マイセルフ）

若い時、僕は決して誰も必要としなかった
そして僕の求める愛の出来事はただの気晴らしだった
一人でいると、知り合った全ての友人のことを思い出す
でもダイヤルをまわすと誰もいない
全くの独り、もう独りっきりでいたくない
全くの独り、もう独りっきりでいたくない
自信を持つのは難しい
時々本当に不安になるんだ
愛は遠く離れたあいまいなもの
癒す方法もない……

熱帯夜の夜更け、エアコンを利かせた部屋で、独りハイバックのソファーに深々と身を沈めて、ボリュームを上げて聴き入っていると、二十六年前の夏の日の午後のことが無性に懐かしく、まるで津波のように、心に寄せては返し、またうち寄せてくる。

一九八四年は、全国各都市にFMラジオ放送の電波が割り当てられて、クリアーな音質の電波が、軽快なポピュラー音楽をオーディエンスに届け、洋楽ファンの心を激しく燃えあがらせたことだった。

宮崎市でもその年の十月、FM局の開局が予定され、MRT宮崎放送ラジオ局は、ライバル局の出現を前にその対応策を慎重に検討、実施に向けて着々と新番組の編成が行われていた。そんな矢先の真只中、当時取締役ラジオ局長の黒木勇三氏（二〇〇一年病没）と取締役テレビ局長の井口直久氏（現代表取締役会長）と三人で、「AMラジオの未来像」について熱心に語り合った時、

「そんなに思ってくれるのだったら自分で番組をやってみたら」

という黒木局長の強い要望に、熱っぽい議論を交わした後だっただけに、今更後にも引けず、否応なしに引き受けてしまったのが、洋楽番組「アンクル・マイクとナンシーさん」のパーソナリティーとしての始まりだった。

長年蓄えていた幅広い洋楽の世界の知識を、電波を通じてオーディエンスに向かって紹介してゆくなぞ、考えてもみなかった出来事だけに、落ち着いて考えてみると、背筋が凍る思いをしたものである。

取締役テレビ局長で、宮崎放送の前身である「ラジオ宮崎」発足当時の第一声を電波に乗せたラジオの大御所的存在の井口局長から、

「伊野さんは典型的なB型だから、きっとうまくやれると思うよ。自信を持って自由にやってくださいよ」

と、ポンと、背中を押された感じでのスタートだった。

当時五十五歳のシニアに属する新進パーソナリティーは、引き受けるに当たって、生意気にも「生放送でやらせて欲しい」と要望した。

「本来ラジオ放送はリアリティを高めるためにも、生放送であるべきだ。放送日の日曜日の、県内での動勢等を交えながら音楽を紹介したい」

放送に関して全くの素人の意見に、両局長は一瞬躊躇《ためら》ったものの、先ほどまでの議論の延長線上の話であっただけに「良いでしょう。期待しています」の快い答えだった。

そして折角だから、建設中の「MRT m·i c c」の完成と同時にスタートしましょうということで、会館落成のおめでたいなかでの番組開始だった。

ピッカピカの「MRT m·i c c」四階の展望スタジオからの放送は、毎週、心地良い興奮の中での進行だった。

あれから二十六年、歳月は河の流れのように奔流となって、止まることを知らない。

昨年二月には、番組開始二十五周年を記念して、宮日会館十階ホールで、三百五十人のリスナーをお招きしての盛大な記念コンサートが開催された。宮崎銀行代表取締役会長の佐藤勇夫様より、「二十五周年、いや三十年、三十五年と、更に一層ファンや、スポンサーの為に精進して欲しい」との心温まる激励のお祝辞を頂いたことは、身に余る光栄なことだった。

そんな激励をかみしめていると、果てしなく思い出が、次々と甦ってくる。

ラジオから聞こえてくる、わが子の声に感動して、涙を流しながら聴いていたという九十歳で一九八七年に逝った母のこと。そんな話を克明に伝えてくれた姉も、昨秋亡くなった。

妻、美智子の痴呆の症状に変化の出始めた一九九八年一月半ばのこと、いつものようにラジオの放送終了後に急いでスタジオから帰宅すると、玄関の戸が開いていて、上がり框にパジャマ一枚で、寒さに震えながら帰りを待ちわびて座っているさみしそうな美智子の姿を見て驚いた。咄嗟に冷え切った体を抱き上げて、慌ててベッドに運んだことだった。

「寒かったやろう。待ち長かったね。ごめんね」

と、思わず冷えきった体をきつく抱きしめて、そのいじらしさに応えてやったことだった。

そんないじらしい妻の美智子も、二〇〇三年九月、その年の放送開始も待たずに逝ってしまった。

番組の最大の理解者でもあった、雲海酒造株式会社前社長中島勝美氏には、筆舌に尽くしがたい支援を頂いたことに感謝を捧げたい。

二〇一〇年一月二日、東京出張中に病に倒れ、突然の訃報に涙したことだった。

番組スタート以来二十六年間、メインの広告主として、公私に亘り力強い支援を頂き、洋楽を一生懸命理解しようという姿には、頭の下がる思いだった。

「むぎ焼酎いいとも」発売直後の頃、宮崎観光ホテル八階のバイキング会場からの「いいとも」の生CMに出演されたり、時折、催事でのゲスト出演を買って出てくださったこと等、想い出はつきない。

一月三日放送の最終曲は、氏への「トリビュート」として万感の想いをこめて、イル・ディヴォの熱唱による「マイ・ウェイ」を捧げた。

日曜日、夜九時から十時までの深夜に近い時間帯に、ファックス、メール等で、曲への感想、思い入れ等を率直に伝えてくださる多くのリスナーの方々の嬉しいお便り。

そして、パートナーの歴代ナンシーさんの強力なバックアップ等々、番組進行にとって、数々の支援のお陰で今日あるものと、感謝の気持ちで溢れんばかりである。

二〇〇九年七月には文部科学省の外郭団体「財団法人音楽文化創造」の季刊誌に、「戦後日本の音楽史」の標題で執筆依頼があり（三人の筆者によるリレー執筆）、ＭＲＴラジオでの長年の放送が、中央に於ける有識者の評価に結びついたものと嬉しかった。六ページに亘っての原稿が、全国の関係者の反響の声を頂いたことは、パーソナリティーの集大成の一歩を成したものと感動にひたったことだった。

さまざまな思いに耽りながら、番組再開への秋に向かって選曲を進めていると、次第に楽曲の中にのめりこんで、心が弾み、日付が変わったことも忘れて夢中になってしまう。そして、夢中になりきってしまった後の、現実に戻った時の虚無感ほど、つらい思いはないものだ。

「誰も居ない、独りぼっちの空虚な空間」

時は過ぎ、人は去り、新たな人との出会い、そんなエンドレスの中での自分の姿が、シルエットになって浮かんで見える。

オール・バイ・マイセルフ・エニモア！

セリーヌ・ディオンの、心をふりしぼるようなシャウトに、心が重なり、熱帯夜の中、いつの間にか陶然となってまどろんでゆく。

（エッセイスト・クラブ作品集15　２０１０年）

天からのご褒美

少々旧聞に属する手前味噌な話であるが、昨年六月、私がパーソナリティーを務めるMRT宮崎放送ラジオ番組「アンクルマイクとナンシーさん」を、「平成二十三年度全日本放送文化大賞にノミネートしたい」というお話を、ラジオ局長落合正紀さんから頂いてビックリ仰天、驚かされたことだった。同番組は、毎年ナイターオフの十月初めから翌年三月末までの六か月間、毎週日曜日夜九時〜十時の一時間生放送で、一九八四年より現在まで続いている。

詳しく話を聴いてみると、近年創設されたばかりの同賞は、宮崎放送からは、未だにノミネートされていないとのこと。難易度の高いコンクールに、宮崎放送を代表する作品として、ノミネートされたことへの番組の評価に対して、感謝と同時に、全国レベルの作品として、果たして審査に耐えられるかの懸念が、心の中を駆け巡り、日頃の厚顔さはどこへやら、その日はすっかり不安の一夜を過ごしたことだった。

グランプリの道は険しく、審査は八月初旬、九州沖縄ブロック民放局各社からの審査員に加えて広告代理店、学識経験者等によって厳正に行われた。結果は想像もしなかった日本放送文化大賞、ラジオ番組九州沖縄地区審査「サウンド賞」という輝かしい受賞で、グランプリ候補には届かなかったものの、思いがけない栄誉に感動すると共に、宮崎放送ラジオの名誉をたかめることの出来た喜びに、心が高揚したことだった。

これでやっと、パーソナリティーとして認められたかと思うと、どおっと胸にこみあげる喜びが、嬉し涙にかわっていった。二十八年間の歩みの中で、夢想だにしなかったメジャーへのお墨付き、支えてくれた亡き妻の霊前に、喜びを伝えたことだった。

この歳で、パーソナリティーを務めることに違和感を感ずることもなく、今日まで続けてこられたのは、体調管理の自助努力もさることながら、周囲の若い人たちからの暖かいエールとまなざし、関係者の方々の、先輩に対して大いなるリスペクトを受けてのことにほかならぬものと、そんな嬉しい思いが、モチベーションを高めてくれている

MRTラジオ「アンクルマイクとナンシーさん」
スタジオでの生放送風景

ものと思っている。

洋楽を好んで聴かれる多くのオーディエンスの方々は、感性、想像力の豊かな方々ばかりなので、ビルボード誌に掲載される「トップ20」ばかりに固執して選曲すると、方向を誤ってしまう。その辺りが、国民性や文化の違いかもしれない。日本人の感性に響く楽曲選びは容易ではない。

当初は、アナログに固執してずいぶんとマニアックな聴き方をしてきたことだったが、いちいち針を動かしての選曲の手間ひまは間尺に合わず、その上三千枚ほどのレコードの収納場所の確保が難しく、遂にCDへと移行したことだった。

ターンテーブルから、CDプレイヤーへ。それはまさしく隔世の感に匹敵する思いであった。アナログ版からのCD化が進み、次々とレコードの廃棄で、記念碑的存在の百枚ほどを残し、完全CD化の時代に入ったのは、一九九五年であった。

リモコンを手に、ソファーでゆったりとしながらの選曲は、快適で楽しさいっぱい。

収蔵枚数は、瞬く間に五千枚を突破し、収納場所に事欠くありさま。

MRTラジオ「アンクルマイクとナンシーさん」
30周年記念パーティー（MRT miccにて、中央 筆者）

そんな、様々なカテゴリーの中から毎週選んでお届けする「アンクルマイクとナンシーさん」。英語が母語でない日本人に歌の心と背景、シンガーのプロフィール等々、お伝えしながらの放送は、音楽を通じて異文化を共有できる唯一の空間である。と同時に充実した緊迫感に満ちた生放送ならではの一時間である。

受賞という思いがけない喜びに浸りながら振り返ってみると、洋楽に目ざめて以来今日で七十年になる。一九四二年衝撃的な出会いとなった楽曲「グッドナイト・アイリーン」、黒人死刑囚、レッド・ベリーによるこのプリズナーソングは、今日も数多くのシンガー達に歌い継がれているが、情感豊かなメロディラインは、近代アメリカ音楽の典型として、スミソニアン博物館に収蔵されている。

この歌の由来、出自も識らず感動し、戦後にその全容を知った時の驚きは、今も確かに記憶に鮮明である。

今ではその時受けた霊感にも似た自らの感性、そんな心を、一人でも多くの人々に伝え、異文化を共有し、視野を広げるお手伝いが出来たらと、音楽の伝道師、プロバイダーをめざして、微力を尽くしたいものと、心に誓っていることである。

（エッセイスト・クラブ作品集17　２０１２年）

参の章

受益者負担を考える

昭和四十年代に入って宮崎市周辺には次々と住宅団地が建設され、それをきっかけに家庭のトイレや、流しの溝から出る悪臭から解放されたものだった。それは都市化とともに合併処理浄化槽の急速な普及によるもので、トイレや台所から出る糞尿や雑廃水を綺麗な水にして流すという大変便利なシステムで、画期的な出来事であったと思う。

現在、宮崎市では行政の大変な熱意で下水道の建設は年次計画でハイペースで進められ、平成四年度末には普及率五一％を達成し、平成十二年度末には八二％の普及率を目標に、本年度も九十億円近くの予算が投じられて、水洗化が進められている。宮崎市民の半数近くが、今までの簡易浄化槽から直接下水道管に投入されて、終末処理場に送られるという文化的利便を享受しているわけだ。

社会学者羽仁五郎氏の著書に『都市の論理』というのがあるが、その中ではその都市の文化の尺度は、下水道の完備にあるということが書かれてある。ヨーロッパの先進都市の文化生活水準の高さの基盤は、それらにあるということがよくわかる。

映画で観たパリの下水道、網の目のように広がった地下下水道の中を、ジャン・ギャバンが紛するギャングのボスと、それを追う刑事達の追跡ドラマ、フランス国民が、長年かかって都市づくりにあげたパワーを、あの映画で如実に見せてくれた。

ところで、宮崎市民は浄化槽の維持管理や、下水道の使用料等の負担は当然のこととして、今では義務化されて異論をはさむ人はいないが、一方、市民の「生活行動」より生ずるごみ処理の問題では、まだまだ意識を徹底させる必要があるのではないかと思う。

企業や商店のごみ収集の有料化が始まって二年を経過したが、家庭のごみの負担は無理というのも心ある市民としては、心苦しい気持ちもあるのではないかと思う。

分別回収が実施されて長くなるが、それなりの努力で実践効果が現れて、助走期間も過ぎてきた昨今。受益者負担の原則をつくり出して、得た収入で地域住民に役に立つ還元を、市長にお願いしたいものである。

年間二百四十万人の観光客で賑う岐阜県高山市では、ごみ処理シールを義務づけて、有料化と減量を一挙に画り、得た収入を昨年度は一千二百万円を市民に還元したという実績がある。私たち宮崎市民も、大いに議論を重ねて勇気をもって実行に移したいものである。

（宮崎日日新聞「読者論壇」1993年10月7日付）

もうすぐ神武さま

宮崎の秋を象徴する「神武さま」が、今年は、三十、三十一日の二日間にわたって、華やかに平安絵巻きが繰り広げられる。ご神幸行列の中心は、何といっても神武天皇の「御神体」をお移ししたご鳳輦《ほうれん》である。若武者たちにかつがれて、静々と進む荘厳な姿には、崇高な神への祈りの心を抱かずにはおれない。

ご神幸行列の歴史をふり返ってみると、明治四十三年以来、今次大戦末期と戦後の一時期を除いて連綿と続いているが、数多くの人々の奉仕によって創られた「神武さま」の歴史は、今後もまた人々によって新しい歴史を刻んでゆくことであろう。

宮崎神宮大祭奉賛会（塩見一郎会長）のもとに、神賑隊の運営をあずかる祭実行委員会があるが、限られた予算の中で数々のアイデアを出し合う催し物づくりも、好評のようである。

その中心となるひとつに、「神武天皇一代記」がある。神武天皇を始め、神話でおなじみの神々たちが勇壮な太古のいでたちで登場し、歴史を彷彿とさせてくれる。宮崎商工会議所の議員さん、商店街の役員さんたちの出演によるもので、まさに「秋よみがえる古代」を実感させられることといえよう。

また今年のビッグな見どころとして、地元神楽の競演がある。「清武町船引神楽」と、子供たちによる「船引少年神楽」、それに「生目神楽」の三つの神楽保存会のみなさんの出演による絢爛豪華な舞いは、ぜひ期待していただきたい。

実行委員の一人として、昨年は「神々の宴」と題した山車の上から参加をした。沿道の何万人もの観衆の中で、障害者の方々や、多くのお年寄りが車いすに乗ったり、娘さんや、お孫さんたちと一緒に道路に座って楽しそうに見ている姿を数多く見受けたのが印象的だった。

宮崎に生まれて「神武さま」と共に、年齢を重ねてこられた方々の喜んでいる姿を見て、伝統の中に新しい祭りの姿を創造し、次の世代に残してゆく責任があるものと痛感している。

つい先日、熊本と鹿児島のテレビ局から、神々たちの「神武さま」のユニークさをぜひ紹介したいというお招きを受け、テレビ出演してきたばかり。

訪問した熊本、先の台風で大被害を受けた鹿児島両市の行く先々で大歓迎を受けた小田真愛実行委員長ら一行六人の神々は、初めての体験と感激しながら帰途についた。

いずれも早朝出発、日帰りのスケジュールにもめげず、充実感に満ちあふれた「神武さま」県外キャラバン宣伝隊であった。


（宮崎日日新聞「読者論壇」1993年10月20日付）

「ツィター」の思い出

秋の日は釣べ落としというが、「神武さま」が終わると日暮れの早さにもまして、日々の過ぎゆくさまは、水に漂う枯葉のように年の瀬に向かって流されてゆく。

「秋の眼差《まなざ》しは更けて優し　染めしムラサキ世々褪《あ》せじ…」。少年のころ口ずさんだ歌が、心に浮かんでくるのとオーバーラップするように、五月の東京旅行の一場面が思い出される。

河野保人後援会主催による「コンサートを聴く会」に参加したときのことである。河野保人さんは、世界的なツィター奏者で、川南町のご出身。その後援会（会長・三笠宮寛仁親王殿下）は、全国に三十支部あり、宮崎県支部長は宮崎交通社長の岩切達郎さんである。

五月十日の夕刻、東京渋谷の東急文化村のオーチャードホールに到着した私たちは、ホールの素晴らしさと、二千百五十席の満席の熱気にまず驚かされた。

ツィターという楽器は、ギターとハープを合わせたような性能を持ち、メロディを弾く旋律弦と、リズム、ハーモニーを作る伴奏弦の両方が一台になった揆弦楽器で、膝の上で演奏する。そんな魅惑の演奏を、東京交響楽団（指揮・秋山和慶氏）との協演で日本で初めてのツィター協奏曲の会として開かれたのである。

神津善行さんの司会で、コンサートが始まった。ツィター協奏曲第五番ロ短調。フルオーケストラをバックに、熱演する河野さんの頬が紅潮しているのが、遠目にもよく分かった。

第一部の最後は、ツィターのソロで「寛仁親王と妃殿下に捧げる」と題した「レントラー七一」が演奏され、大いに盛り上がった。演奏が終わると、客席から殿下がステージに上がられ、ごあいさつをされた。二回の大手術を経られたお体とも思えぬお元気な笑顔で、河野さんとの出会い、ご自身の音楽への情熱を語られ、最後に私たちの席を指さされ、河野さんの遠い故郷・宮崎県からも大勢の方々が来て頂いて有り難う」とのお言葉を頂き、大変感激したことだった。

やがて、コンサートも終わりを告げると、万雷の拍手に応えてのアンコール。曲目は「第三の男」と「ウィーンの森の物語」であった。特にツィターの存在を世界に大きく知らしめた「第三の男」の演奏には、心を打たれたものである。ツィター音楽を日本において確立した河野保人さんのご功績に対し、私たちは心から賞讃した。

宮日会館・ホールの完成、間もなく開館する県立芸術劇場等、文化の受け皿も充分整った。ヒゲの殿下をお迎えして河野保人さんのツィター演奏を、県民のみなさんと共に聴く会をつくりたい。

（宮崎日日新聞「読者論壇」１９９３年11月６日付）

知の難きにあらず…

本欄で「ツィターの思い出」（11月6日付）の文中、世界的ツィター奏者、河野保人さん＝都農町出身＝を思い違いで「川野さん＝川南町出身＝」と誤って紹介し、ご本人をはじめ、都農町や、後援会関係者のみなさんに大変ご迷惑をおかけしました。全く汗顔の至りで心から関係者の方々に深くおわび申し上げます。

論語の文中に「小人の過つや、必ず文《かざ》る」（小人は失敗をすると取り繕うことばかり考える）とある。この言葉を引用し、深く律して自戒を誓うものです。

この事を念頭に置き、河野保人後援会に触れてみたい。全国の会長は三笠宮寛仁親王殿下で、県支部長は岩切達郎、副支部長は、渡辺綱纜、斉藤越治の各氏。そして、地元都農町の方々の熱意で発足した。支部事務局は、宮崎市の上条勝久元参議院議員の事務所内にあり、佐々木宗慶事務局長と責任者の野辺博子さんが中心になり、日常の活動を行っている。

熱心な二人は、論壇掲載を大変喜んでもらい、早速各方面に記事を電送し、みんなで喜び合ったという。東京の本部では、間違いに気付いたものの、会長の三笠宮寛仁親王殿下に掲載文を差し出した。

殿下は大喜びで「このような素晴らしい讃辞（記事）をありがとう」との言葉をいただいた。しかし、名前の間違いに気付かれ「人の名は大事なことですから、筆者（伊野）にも、キチンと伝えるように…」という指示が事務局から届いて、殿下のお言葉に欣喜する一方、恐懼《く》した。改めて殿下に恭敬申し上げる次第です。

来年三月、新装の県立芸術劇場で河野保人さんのツィター演奏の話が進んでいると聞く。その会場に「ぜひヒゲの殿下をお迎えしたい」との内容に、殿下は「出席を要請するような話はまいっているのか」とご下問されたという。

もしそうだとすると、ぜひ殿下を宮崎の地にお迎えし、県民と親しくお目にかかっていただきたい。後援会長としてのお立場から、賞讃のお言葉を…と思うのは県民の望むところではないだろうか。ツィターを通じ結ばれた寛仁親王殿下と、河野さんとの親しみ深い一本のきずなを、県民みんなで大切にしたい。

「知の難きにあらず…」は、韓非子の残した言葉。「物事を知るのはむずかしくない。むずかしいのは、知ってからどうするかである」。しみじみと韓非子の心に、さまざまな思いを傾けるものである…。

（宮崎日日新聞「読者論壇」1993年11月13日付）

幸運を招く「ピエロ」

わが家の玄関に、人形の「ピエロ」三個が飾られてから久しい。十年程前のこと、米国ラスベガスにあるカジノ「サーカス・サーカス」から、トランクの底に大切にしまって持ち帰った人形である。

三個のピエロには、それぞれ違った豊かな表情がある。ひとつは、ステッキをこわきに、片手は投げキッスのポーズ。ひとつは、大きなベースを熱心に弾く姿。ひとつは、気持良さそうにサックスを吹いている。

ピエロたちは、毎朝出掛ける折に視線が合うと、何かを語りかけてくれるようで、まるで家族の一員。現地で聞いた話では、サーカスの演技の合い間に現れては、笑いとペーソスをふりまく「ピエロ」は、昔から邪気を払い、幸運を招く使者として大切にされ、どこの家庭でも油絵の額縁や、タペストリー、さまざまな表情の人形となって、飾られているそうである。そんな事を考えながら、各国の空港売店や、デパートの売場での陳列品を見るにつけ、縁起物として愛好されている訳がよくわかる。

世界のエンターテインメントを誇るラスベガスは、カジノ、エンターテイナーショー、サーカスと、健全イメージの中で、世界中からの観光客が絶えまない。

家族連れに特に喜ばれているのは、カジノとサーカスが同時に愉しめる「サーカス・サーカス」。そして、ミラージュホテルの「タイガーショー」等々であろう。

世界を代表するサーカスは、ヨーロッパでは、ロシアの「国立ボリショイ大サーカス」。アジア、太平洋地域では、日本の「木下大サーカス」。そして米国ラスベガスで技を競う。

世界各国から選び抜かれた演技者たち、と聞いている。その「木下大サーカス」が「ミラクル猛獣ショー」を従えて、宮崎にやってくる。近代化したサーカスの中で、昔懐かしいジンタにのって、おきまりの「空にさえずる鳥の声…」、あのペーソス溢れる「天然の美」のメロディが、果たして聴けるかどうかは定かでないが、キビキビしたディスコサウンドにのっての華やかなステージは、激しい興奮を呼ぶことと思う。

宮崎に居ながらにして、ラスベガスのエンターテインメントの世界にひたれる機会は、またとないものであろう。猛獣ショーもさることながら、ピエロたちの笑いと、ペーソスに満ちた演技も今から楽しみにしている。

サーカスと共に、新年の幸運を招き寄せるピエロたち。読者と共に、大きな幸運を摑みたい。

（宮崎日日新聞「読者論壇」１９９３年12月19日付）

花・人・心

「〽椿咲く春なのに　貴方は帰らない　佇む釜山港に涙の雨が降る…」。

椿の花に題材を求めた歌や詩、小説は多いが代表的なものに、古くは俳人、芭蕉の句と伝えられるものの中に「落ちざまに水こぼしけり春椿」がある。

イタリアの歌劇「椿姫」は、一八四八年、小説家デュマによって書かれた悲恋の物語をオペラ化した、有名な作品である。女主人公マルグリットは、月の中二十五日間は白椿、あとの五日間は、紅椿の花を持って、夜毎社交界に現れては、男心をまどわせる高級娼婦。

上流社会の子弟であるアルマンは、マルグリットの妖艶な恋の手管の虜になってしまうが、アルマンの純真な愛に、彼女自身が真実の愛に目覚め、束の間の幸せな生活にひたる。だが、アルマンの父親によって二人の愛を裂かれたマルグリットは、悲恋の中に短い生涯を終わる、というストーリーであるが、洋の東西で、椿の花には、このような哀愁を想わせるものもある一方で、厳しい寒さに耐えて春を待つ、可憐な明るい花、大輪の肥後椿にみる爛熟した女性の愛をモチーフにしたものも見ることができる。

美しい花であるだけに、表現を彩るうえで、欠かせない重要な存在である。椿の花は、初冬から早春にかけて咲くワビスケ、早春から春の彼岸を過ぎる頃まで咲くやぶ椿、肥後椿と、長い期間観賞できる。夏、光沢に輝く濃緑の葉は、椿にしか見られない美しさで、花言葉にある「ひかえめな美徳、最高の愛らしさ」という気品に満ちた花である。

先日、誘われて宮崎市の椿山森林公園に初めて行った。市の南西に見える双石山の裏手にあって、市内から快適なドライブウェイで約四十分。頂上に着くと二十五・三㌶の面積を見下ろす山頂から山腹にかけて、大小の椿の木が見事に植栽され、美しい花を見せてくれる。眼前の加江田渓谷の、山の斜面に整然と植林された飫肥杉、照葉樹林の壮大な景観が、椿山森林公園の美観を一層引き立てている。五百種類、二万五千本の椿園は、花芯の蜜を求めてやって来る小鳥たちの楽園でもある。小鳥が奏でるシンフォニーの中で、大自然とオゾン、椿の美しさを満喫したことだった。宮崎市には、この他にも四季の花の名所が数多くある。

橘通りの大きな椿の木を見上げると、可憐な花が市民の心に潤いと優しさを投げかけてくれる。

こんな美しい詩情と豊かな情感を創出した長友貞蔵前宮崎市長に、心から敬意と感謝を捧げたい。そして〝その心〟をみんなで大切にしたいものである。

（宮崎日日新聞「読者論壇」1994年3月7日付）

伝説、鹿野田氷室の里

西都原古墳群の丘陵一帯に咲く菜の花は、今では、生駒高原と並んで春を彩る景観のひとつとして、全国に知られている。先日、背丈け程もある菜の花畑に足を踏み入れてみた。菜の花畑の正面に横たわる九州山脈には霞がたなびき、空の青さと風に揺らぐ黄金の波との中に佇むと、ふと平安中期に名をはせた悲恋の歌人、和泉式部のことが心に浮かんできた。

難病平癒祈願で、法華岳薬師如来に参籠して病が全快した式部が、村人の案内で綾町への散策に出掛けると、綾の平野は見渡す限りの黄金のじゅうたんを敷きつめたようで、その美しさに感嘆した式部は、綾の邑はこれぞ「金銀綾錦」と歌に詠まれているが、今では大吟醸酒「綾錦」の名声にその名残をとどめている。

多情艶麗、愛ひと筋に生きた式部は、今から約千年前の平安中期時代、大江大和守の娘として生まれた。幼い時から冷泉天皇の昌子皇后に仕え、後に和泉守橘道貞の妻となり和泉式部となるが、冷泉天皇の皇太子、為尊親王、敦道親王の兄弟に次々と愛された恋物語は余りにも有名である。

夫の許を去り、情炎の世界に身をゆだねるが、二人の親王は次々と若くして世を去る。歌人として著名な式部の歌には、恋の喜び、恋の苦しみ等、日日の歓びと哀愁に満ちた歌が、数多く残されているようだ。

中流以下の身分の貴族の娘と皇太子との恋愛は、身分の違いを顧みることもなく、激しく燃えさかったことだという。人眼を避ける恋のうしろめたさ、いつとはなしに都の中に広まる噂への戦き、そんな中で敦道親王は妃を退けられて、式部を本邸に迎え入れる。

心の昂ぶりを感じながら、西都市都於郡鹿野田に在る、和泉式部の墓を探して詣った。

病をいやした式部が、帰京の途に就いて鹿野田にさしかかった折に病が再発し、氷室の里で潮湯で病を治すべく、薬師堂に籠もって読経に明け暮れるが、波乱に満ちた四十三歳の生涯をこの地で閉じたという。

以来約千年、村人達によって祀られている式部の霊は、潮神社の裏手の丘の上にひっそりと眠っていた。潮神社の境内にある潮の泉は、佐土原海岸から約十二キロの内陸部に位置するが、深さ三メートルの泉から潮（塩）水が湧いており、伝説を裏づける証しでもある。

「日隠れや、氷室の里を眺むれば、菜潮の烟りいつも絶えせぬ」

式部最後の歌である。思わず胸に込み上げるものがあった。旧暦三月三日、四月十三日は和泉式部、氷室の里にて終焉の日である。

（宮崎日日新聞「読者論壇」1994年4月13日付）

ネネと海亀との出合い

四月中旬、リフレッシュ休暇で、会社の仲間達とハワイ旅行に出掛けた。三年ぶりに上空から見下ろすオアフ島の周りの海は、乳白色の珊瑚礁に海の碧《あお》さが重なり合って、変わらぬ美しさで私たちを迎えてくれた。

今回の旅行の中心は、今もなお天地創造の現実と伝説が脈打つ、ハワイ島への探訪であった。ハワイ島は、ホノルル空港から飛行機で約四十五分、ハワイ諸島最南端の島で、通称ビッグアイランドと呼ばれている。遠い南の海から吹いてくる風が、四千メートルのマウナケア山にぶつかって雨を降らせ、真っ黒な溶岩の島を、緑したたる美しい島に創り上げている。五百万年前、海底火山の噴火で誕生したこの島は、今も成長を続けており、キラウエア火山は過去四十年間に三十回の噴火で、新たな大自然の地形と景観を形づくり、ダイナミックに観光客の前に姿を現わしている。

マウナケアの山頂に積もる、真っ白な万年雪を眺めているうちに、ヒロ空港に到着、ガイド兼運転手の小松さんは、偶然にも本県北方町の出身、ガイドをはじめて、県人との初めての出会いに深く感激していた。ビッグアイランドには、観光ともうひとつの期待を抱いて訪れた。

ハワイの幸運を、宮崎に運びたいという夢であった。キラウエア火山で、ペレの女神の化身といわれるネネ（ハワイガン）との出合い、世界に一カ所しかない黒砂海岸で、天地創造の歴史を伝える海亀との出合いであった。大変難しいこの二つの出合いは、幸運を摑《つか》む、という伝承として、現代社会の今日も、固く信じられて人々に伝わっている。キャンピングカーで、何日も幸運との出合いを待つ人々の執念、そんな幸運にあやかれたら…。

月面着陸訓練基地にもなった周囲十キロもある巨大な火口クレーターの周辺を巡る中、二羽のネネを発見した時は飛び上がるほどうれしかった。火山を一直線に下り、ブナルウ黒砂海岸に着くと、真っ黒な砂浜と岸辺の黒い溶岩が、海浜の椰子の木と見事に調和して、不思議な世界を漂っている心地にしてくれる。両手で黒砂をすくい上げて見ると、五百万年前の火の海が目の前に浮かんでくる。

溶岩に腰を下ろした皆の目は、一斉に海辺に注がれていた。やがて大きな海亀が、サーフィンを楽しむように二匹姿を見せた。霧雨に濡れて待った出合いは、最高の感激だった。

五月五日付本紙によると、フェニックス自然動物園に、ネネが三羽仲間入りしたそうだ。フェニックスリゾートに、ペレの女神が幸運を運んできたようだ。うれしかった。

（宮崎日日新聞「読者論壇」１９９４年5月14日付）

明日に架ける橋

梅雨の晴れ間に降りそそぐ太陽の日射しは、若葉の緑に映えて、逞しい不思議な生へのエナジーを感じさせてくれる。それは未来に続く夏への胎動であり、生きる力の躍動でもある。孤独の中にきずつき悩む友へ生への希望と、友情を約束した歌に「明日に架ける橋」がある。世界のミュージックシーンの中で、今世紀最大の感動で知られるこの歌は、サイモンとガーファンクルによる美しい詩と旋律によって生まれ、人々を魅了した。

「君がへこたれて、君の瞳に涙がいっぱいの時には、その涙を乾かして上げよう。つらい夕暮れがきて、やがて暗闇の中に苦痛が辺りに立ちこめる時、慰めて上げよう。逆巻く水の流れに架ける橋のように、僕は身を投げかけよう！」

最近、この歌の中に溢れる友情を地でゆく出来事を知って感動した。旧制宮中望洋五十六会（会長代行野村靖夫氏）による、市長随想『冷や汁の味』出版に至るまでの、友情に満ちた話題である。

長友貞蔵前宮崎市長は、生前同会の会長であった。戦後の学制改革のはざまに、六年間を共に学んだ同期生たちは、宮中、大宮高校、百余年の歴史の中でも、結束の固さで知られる。思いもかけぬ病気で、市長職を辞し、病床にある会長のために「同期生が孤独の闘病生活を励げまそう」という心の結集によって生まれたものだ。

二月中旬、五十六会の役員会が開かれ、随想集五千部印刷が決定された。次に出版費用の捻出方法に及んだ。十人の役員たちが各自三十万円の拠出に全員賛同した。後日、聴くところによると、勿論全員がご夫人方にその事情を説明した。すると「あなたたちは、何と素晴らしい優しい方々なのかしら」と、男の友情の厚さに感動してくれたそうだ。

こうして百七十人の会員が、出版の日を待つ間にも、長友会長の病状は悪化し、加速度的に深刻さを増していった。本は出版社の懸命の努力で、四月二日に病床の長友会長の手許に届けられた。十一年有余の市長時代の自分との対面に、新たな感激をかみしめ、友人たちへの感謝と、生きる喜びと希望に満ち溢れた表情であったという。

全編にみなぎる飾り気のない素朴なタッチの文章は、追随できない美しさに輝いている。四月下旬発売以来、本紙の週間ベストセラー、一位にあるのはうれしい。長友貞蔵氏のご冥福をお祈りし、望洋五十六会の変わらぬ友情に、敬意のエールを贈るものである。

（宮崎日日新聞「読者論壇」1994年6月3日付）

黎明の歓喜

天上に在るイエス・キリストを讃美した「アメイジング・グレイス」という、美しい旋律の歌がある。神の恩寵に感謝し、神々しさにひれ伏す欧米人の姿が、歌の中から目に浮かんでくるが、日本人にとって、素朴な心の神は「太陽」ではないかと思う。

暁の水平線に浮かび上がる瞬間の太陽の神秘な輝きは、思わず両手を合わせ、何かを祈る心へとかきたたせられる。直視して神の内側を垣間見る間もなく、太陽の輝きは、目も眩む輝きへと変わってゆく。

一九七二年、初めてハワイ旅行に出掛けたとき、日付変更線を通過すると間もなく、行く手の空が次第に茜《あかね》色に染まり、やがて太陽が昇る一瞬を見たが、一万メートルの上空から見下ろす太陽の美しさは、忘れられない大きな感動のひとつである。そんな美しい太陽との出合いを求めて、八重川（宮崎市）の堤防を歩き始めて十数年になる。

春夏秋冬、晴れの日の水平線上や、水平線にかかる雲の上からと、季節と天候によって、さまざまな太陽の顔の変化がある。人間の喜怒哀楽の表情にも似て、親しみが感じられるものだ。毎朝、きまって顔を合わせる老人たち、ジョギングする若者たち。早起きの人々が太陽の神々しさに立ち止まり合掌する姿は、清々しく輝いて見える。

崇拝から親しみの交錯する中を、太陽は宇宙の惑星たちをリードして、プログレッシヴな一日を始動させてゆく。心の中に今日を生きる喜びと、希望がわき上がってくるのが伝わる。

除夜の鐘が鳴り終わるころ、新年を迎え若水を汲み身を清めると、玉砂利を踏みしめながらの初詣。そして、一ツ葉海岸の波打ち際で迎える初日の出。遥か水平線の彼方から打ち寄せる幾筋もの黄金色の波を従えるように、太陽は昇ってくる。まさに「アメイジング・グレイス」の世界に、没入してゆく感がする。

宮崎市の近郊には、初日の出を拝む恰好の場所が他にも幾つかある。「青島海岸」、「こどものくに」、高岡町の「天ケ城公園」等である。

天ケ城からの初日の出は、波打ち際とは全く異なった雄大さに包まれている。眼下に黒く帯状に横たわる大淀川、民家の灯りが点々とする夜明けの街並、河の流れを追うように東の方に目を移すと、中空がぼんやりと薄赤く染まり、突然という感じで太陽が浮かび上がってくる。篝《かがり》火の燃え盛る中、町内からはもちろん、その美しさに惹かれてくる近郷の人々で、公園は溢れるばかり。宮崎市の初日の出は午前七時十四分、太陽に感謝して、来る年も健康でプログレッシヴな一年を歩みたいものである。（宮崎日日新聞「読者論壇」1994年12月31日付）

初春を寿ぐ松竹梅

大きな「鏡餅」と「松竹梅」の床飾り。清々しい元旦を迎えて、年改まった実感と希望が湧いてくる。羽二重のように真っ白な肌の鏡餅は、その年の家族の幸せと健康を祈って、神に捧げられたもの。そして松竹梅の生け花は、古来より「歳寒三友」と呼ばれ、風雪や厳寒に訴え、他の植物に先駆けて年の初めに花開くことから、高い節操と高潔さをこれに例えたものであり、ともに正月を寿ぐ縁起ものである。

水盤に盛られた松竹梅の数輪の微かな梅の香りに、ふと中国の詩人・王安石（一〇一九－八六）の漢詩「梅花」が心に浮かんできた。

牆角数枝梅　凌寒独自開

遥知不是雪　為有暗香来

「牆角（垣根）の隅にある数枝の梅それだけが寒を凌いで咲いている。遠くから見るとそれが雪でないと分かるのは、目に見えない香りが漂ってくるから」……との意味。

暖かい当地で早咲きの紅梅が見られるのももう間近。県内には由緒ある梅の名所が数個所あるが、国富町満福寺の紅梅。高岡町の月知梅。宮崎市木花の梅園。野尻町萩の茶屋の梅林等々。中でも毎年好んで出かけるのは、萩の茶屋の梅林である。

国道に沿った丘の中腹には、真っ赤なルビーのような南天の実が華奢な枝に可憐に揺れている。その右手南側一帯の斜面に千数百本もの紅梅白梅が、静かに開花を待ち焦がれている。日だまりの斜面に腰を下ろして天を仰ぐと、早春の空は高く澄んで時折白い浮雲が足早に流れ去っていく。更に登って遥か西の彼方を眺めると、霧島連山が裾野を広げ雄大さを誇り迫ってくる。絶景の中でゆったりとした気分で観梅を楽しんでいると、新しい季節に巡り合えた喜びと、繊細な大地の息吹きに感動する。

もう四半世紀前の話である。当時宮崎交通企画宣伝課長であった渡辺綱纜さん（現宮交シティ社長）が、萩の茶屋へマスコミ関係者を招いて、観梅と猪鍋で新年会を開いてくれた。王安石の「梅花」の詩や、伝説の中にある「鶯宿梅」菅公の「飛び梅」等々、梅にまつわる古代人の情緒にふれた出来事とは趣は異なるものの、正月の観梅にこと寄せての猪鍋の野趣味あふれた確かな味には、仕事への連帯感、友情、男の風流さをも味わわせてくれたものと、渡辺さんに感謝したものだ。萩の茶屋の梅の花とともに、いつまでも心に残っている。

喧噪な現代、松竹梅にも似た高潔さで幸せな一年を願って、力強く生きていきたいものと思う。

（宮崎日日新聞「地域発信」１９９６年１月１日付）

魅惑のツィター演奏

本県（都農町）出身で、世界的ツィター奏者・河野保人さんのデビュー三十周年記念、全国縦断コンサート宮崎公演が、二十日、新装の宮交シティ「紫陽花ホール」で行われる。ツィターの演奏で、すぐに思い出すのは一九五〇年代の映画「第三の男」の主題曲として、アントン・カラスの名演奏で全世界の映画ファンを魅了し、感動させた懐かしいメロディーが心に浮かんでくる。

ツィターは、ギターとハープを合わせたような性能を持ち、メロディーを弾く旋律弦と、リズムハーモニーを作る伴奏弦の両方が一台になった撥弦楽器で、テーブルや膝の上に置いて演奏される。独特の金属的な美しい澄んだ音色、旋律弦、伴奏弦の合わせて七十本近い多くの弦を駆使しての演奏は、まるで二台の楽器を同時に聴くような不思議な境地に誘われて、他の楽器の及ぶところではない。

河野保人さんのプロフィルについては、ご存じない方も多いのでご紹介したい。一九三二年に都農町で生まれ、郷里の小学校、旧制高鍋中学校へと進む中、音楽教師の叔母の手ほどきで、幼少からピアノ、バイオリン、作曲の道へと、音楽家を夢見て勉学に励んだという。そんなある時、ツィターのレコードを聴いてその魅力の虜《とりこ》となり、以来ツィター演奏一筋に歩み、活動三十年になる。二十八歳で渡欧、本場の演奏家をしのぐ実力で、日本国内、ヨーロッパ各国で演奏活動を行う。難しい演奏技法のためか、演奏者の数も少なく、世界的第一人者としての存在は、県民の誇りである。

そんな河野保人さんを、陰で大きく支えてくださる後援会長の三笠宮寛仁親王殿下のお力添えに感謝申し上げなくてはならない。

〝ヒゲの殿下〟で国民に親しまれる殿下は、英国ご留学中、スキーで訪れたオーストリアで、ツィターに魅了され、帰国後殿下が後援会長をされる「身障友の会」のチャリティーコンサートで、偶然河野保人さんの真摯な演奏を聴かれ、感動されたことが寛仁親王殿下と河野保人さんの出会いであったとお聞きしている。

全国縦断記念コンサート、締めくくりの故郷宮崎公演、華やかな演奏の幕間に、ご臨席の殿下が参席者へ親しくお礼のごあいさつをなされるとのことである。お元気なお姿を慶び、殿下の今後のご健勝を祈念申し上げ、併せて河野保人さんの今後のご活躍を祈るものである。

（宮崎日日新聞「地域発信」１９９７年1月18日付）

管鮑の交わり

本紙上で、毎朝大きな関心と興味を感じながら読む欄に「自分史」の連載がある。長年にわたっての長寿シリーズに登場する選ばれた執筆者は、膨大な古い資料の収集と整理で大変ご苦労されたことが、字句の間からにじみ出ている。

華やかな人脈を通しての過ぎ去った思い出が、走馬灯のように映し出され、その時代を見事に再現する。話題の中に居合わせていたような臨場感さえ覚えさせてくれるものもある。そのすべてからは、卓越した人脈からの知遇が大きく底流に秘められていることだ。

かつて、古代中国の覇者、「桓公」（紀元前七世紀）を四十数年にわたり補佐し、斉の黄金時代を築いた管仲と鮑叔牙の真の友情をたたえた「管鮑《かんぽう》の交わり」の故事が目の前をちらつくが、信頼と知遇、真の友情、それらは再びめぐらない貴重な人生における得難い無形の財産であるとうらやましく感じる。

このほど、昨秋掲載された宮交シティ社長渡辺綱纜さん執筆の『空ある限り』が、出版され読んでみた。本紙で毎朝何回か読み返した七十日間に及ぶ、懐かしい珠玉のエッセー。本を手にしてその一編一編がひと回り大きく輝いて、見事な形で集約されている。息もつかず読み終えた読後感は、クチナシの花の純白で甘酸っぱい香りのようで、それでいて、ふくよかなほのぼのとした青春時代の真ん中にいるような清涼感にあふれたものであった。

どのモチーフにもユーモアが漂ってくる。そして豊かで平易な表現がモチーフの持つ味わいを一〇〇パーセント高めてくれる。渡辺さん自身、英知とユーモアにあふれた人であるが「前代未聞の卒業祝電」の項で、大学入試で大宮高校卒業式に出席できなかった筆者が、野村校長あてに送った「ソツギョウシキニシュッセキデキズザンネンハルカニボコウノゴハッテンヲイノル」の祝電は、今日の筆者と十八歳の才気に満ちた少年とがオーバーラップして、笑いが止まらなかった。

掲載の写真も見事に収集されて、モチーフのリアリティーと動きを表現している。「一生で一番嬉《うれ》しい日」の中の写真を見て驚いた。大宮高二年生の岩切達郎新聞部長（現宮崎交通社長）が、青井俊夫編集長（現志多組取締役）と新郎新婦の新婦役を仮装行列で演じていたことだ。豪快でファイトいっぱいの青井さん。思いやりと愛情の笑顔で、本県経済界のリーダーとしてご活躍の岩切さん。お二人の少年時代を知らないだけにほほえましい。そんな数々が、この本の楽しさの秘密だと思う。

（宮崎日日新聞「地域発信」１９９７年６月１日付）

鸛鵲楼《かんじゃくろう》に登《のぼ》る……

毎年恒例となったシーガイアオーシャンドームでの新年を祝うカウントダウンパーティー。新しい年の幕開けの瞬間を、人気ＤＪたちの華やかな演出で、若者たちは「オールド・ラング・ザイン（蛍の光）」の大合唱の中、去りゆく年の名残を惜しみながら、一九九八年の新春を感動の中で迎えたことだった。

はやる心をおさえながら、〈ホテルオーシャン45〉の四十三階にある展望フロアに上がる。漆黒の海と眼下の松原、やがて辺りが白みはじめて見渡すと、南北の海岸線がダイナミックに弓なりに広がりを見せ、南のかなたには、大淀川が悠然と帯状に流れ、河口から太平洋へと結ばれている。漆黒の海から、やがて紺ぺきの海へとかわるとき、黄金色に染まった水平線のかなたから、静々と深紅の太陽が昇ってきた。祈りと感動の瞬間、思わずその神々しさに身を震わせたことだった。

月に対しての人間の観念が、満ちて欠ける永遠に繰り返す復活の思想に対して、太陽は男性原理の表現、不死不滅の生命力、希望と青春、力の象徴としてヨーロッパはもとより、アメリカ、アジアでも信仰の中心をなしてきたものだ。ギリシャ神話の中に登場する英雄「ヘラクレス」が太陽の酒杯に乗って海を渡る赤絵は、まさに前五世紀初期の男性のたくましさを表現したものとして、太陽崇拝の始まりを感じさせてくれる。

地上四十三階の展望フロアに立って感慨にふけっていると、座右の銘の漢詞が心をよぎり、新たな気持ちが体に脈打ってきた。中国の詩人、王之渙《おうしかん》（六八八－七四二）による「鸛鵲楼《かんじゃくろう》に登る」である。

白日　山に依りて盡き／黄河　海に入りて流る

千里の目を窮めんと欲し／更に上る一層の樓。

「白く輝く太陽の光は、彼方の山波によって限られている、黄河は遥かに海に向かって流れてゆく、千里の眺めを見窮めようとたかどのを一層上ってみた」。情緒に富み、壮大な感じがしてならない。王之渙の心を、この四十三層のたかどのにおきかえて太平洋を望むとき、二十一世紀へ一歩近づいた新年の決意がみなぎってくる。

世紀末から新世紀誕生までに至る生みの苦しみに耐え、困難な時代を克服するには、さらに一層高い視点で確かな先見が必要であろう。多くの課題を抱えて迎えた新年、たかどので見た近未来への構想を着実に実現したいものである。

（宮崎日日新聞「地域発信」１９９８年1月4日付）

世界の目が綾町へ

十九世紀末にフランスが生んだ偉大なガラス工芸作家「エミール・ガレ展」が西日本各地で行われているので訪ねてみた。ＮＨＫ放送局、サントリー美術館による今世紀最後の「アールヌーボ展」といわれているだけに、ひとつひとつの作品からはあふれるばかりの高い感性がくみとられ、身震いするほどの美しさが心に伝わってくる。

一八四六年に、フランスで生まれたエミール・ガレは印象派と日本の美術品、中国清朝のガラス器から大きく影響を受けたといわれている。そんなルーツの中から、その独創性を絵画・彫刻のカテゴリーから飛躍させた東洋的な神秘さを漂わせた作品群、モチーフの持つ自然の美しさを越えた技法で完成した一八八〇－一九〇四年までの八十五点の作品には、かつて体感したこともない百年の歴史のタイムトンネルの中に実在する自分がオーバーラップしているようで感動した。

その感動の中、会場内のビデオ室で大きな驚きを発見した。日本を代表するガラス工芸作家黒木国昭氏がガレの一九〇〇年の作品「おだまき花形花瓶」を世界で初めて復刻し、見事に再現された制作過程が克明に映像で紹介されていた。百年前ガレが創造を重ねて完成したであろうその過程を、見事に復元させた場面の緊迫した黒木国昭氏の姿が印象的であった。黒木国昭氏の三十五年に及ぶ作家活動の中で、綾町の「酒泉の杜」内にある工房での活躍は、まばゆいばかりの世界各国からの視線の中での十年間であったように思う。

三十五年前、琳派の世界に魅せられ、わが国古来の装飾文化の枠に自分の感性を没入させて完成させた「光琳」の作品、綾町から誕生した珠玉の作品は、今日、国内では北澤美術館、サントリー美術館、海外では、米国フィラデルフィア美術館、中国北京故宮博物院、西欧デンマークグラスミュージーアムなどで永久収蔵品として展示されている。黒木国昭氏の作家としての姿勢を眺めていると、そのたくましさには圧倒される勢いがある。

このほど作品化された「綾切子」は、一八五五年島津斉彬の代に創作された薩摩切子の復元に成功した氏が、それらを原点に、独自に創作した二十一世紀に向かっての新たなメッセージを込めたものであろう。

むせかえるような照葉樹林文化を表現した作品には薩摩、江戸切子に見られる直線模様や曲線模様の単純さとは比較にならない美しさを秘めている。世界的作家と同じステージでのプログレッシブな活動に、心より称賛を贈りたい。

（宮崎日日新聞「地域発信」1998年4月16日付）

鸛鵲楼《かんじゃくろう》に登る——タモツちゃんへの想い

梅雨が明けた途端に、灼熱の太陽が、頭上をまるで噛み付くように激しく照りつけてくる。ギラギラと輝く太陽の、遙か彼方の空を見上げると、真白な入道雲が、ムクムクと盛り上がるような形で風に乗って雄大な姿で迫ってくる。青い空、白い雲、真夏の空は男らしさの中にも、繊細な感性をにじませたような心が伝わってくるのが、たまらない魅力である。視界に拡がる浮雲の流れの彼方をボンヤリと眼で追いかけていると、白い浮雲の彼方へと、ある日突然別れも告げずに去っていった、あるロマンチストとの熱い思い出が心に激しく甦ってくる。

多くの宮崎市民に愛され親しまれ、志半ばにして世を去った情熱の政治家「戸高保」さんこと、タモツちゃんが亡くなって早くも三十三年になる。

トレードマークの、愛嬌のあるあの大きなヒガラ眼で、ニッコリ微笑んで話しかけられると、大方の人がたちどころに彼のとりこにさせられたものだった。そんな彼を人々は「タモツちゃん」「タモツちゃん」と、年齢の上下や男女の区別なく、親しみをこめて呼んだものだった。愛され、親しまれ、市井の政治家として生きた戸高保さんは、豊かな感性と正義感に溢れた、真の地方政治家であったといえよう。

昭和四十年代後半、我が国の経済は上昇気流の中で、発展途上に在った。全国各県では、地方経済の浮揚策として、空港が大型ジェット旅客機を受け入れるべく、滑走路の延長、空港ビルの拡張整備が不可欠の政治課題として取り上げられ、本県でも、県・市を中心に商工会議所をはじめとした経済団体によって、強力に推進されたことだった。

空港拡張期成同盟の強力な推進運動の一方、騒音公害を訴える空港周辺住民、海中埋立反対を主張して漁業権の侵害を訴える漁業組合との激しい対立、反対運動は革新政党との共闘へとエスカレートし解決の糸口を見出せない泥沼闘争へと発展していった。

そんな中にあって、観光、商工関連業界から信望の厚かった地元選出県議会議員として、中心的存在で活躍したのが「タモツちゃん」であった。

今どうして、二千五百メートルの滑走路を備えた大型空港が必要なのか、理路整然とした演説、反対派住民に対しての説得、漁場を必死に守る漁民達への工作、険悪なそれぞれの反対運動の中を敢然と立ち向かい話し合う姿勢には、誰しも大きな信頼と力強さを痛切に感じさせられた。

そんなさなかの昭和五十一年四月三日、当時の運輸省航空局への陳情出張、その日の午後浅草公会堂で行われた、早稲田大学学生時代から深い親交の間柄の衆議院議員深谷隆司後援会での応援演説、中曽根元総理と並んでの激励会への出席等々、日頃の激務の疲労が重なり、東京のホテルで突然の発作に襲われて、その夜あえなくも客死したのである。享年五十八、余りにも早い死であった。

その後、国の手厚い空港周辺への住民補償、漁業組合に対して漁業権の補償等が解決し、海上埋め立てによる滑走路延長工事、新空港ビルの完成を見ることが出来たことだった。三十数年前、空港拡張反対同盟と戦って、一身を投げうって今日の宮崎空港繁栄の道を拓いた「タモッちゃん」の蔭の偉業を識る人は今では少ない。「去る者は日々に疎し」その存在さえも忘却の彼方へ押しやられているのは淋しい限りだ。

年間三百万人の乗降客でひしめく現在の宮崎空港、韓国、台湾等との定期国際便の就航等、国際空港へと発展した今日の隆盛を見ることなく、青雲の志半ばにして世を去った「タモッちゃん」の心中を思う時、その死があまりにも悔やまれ、惜しまれてならない。

戸高さんは、昭和十年三月、旧制宮崎中学を卒業すると、海外雄飛を夢見て満州国奉天に向かった。当時、大東亜共栄圏の旗印の下に、多くの日本人が楽土を求めて集まった満州国から北支那、上海と青春時代を謳歌して、新天地に敢然と生きたことであった。血気溢れる上海時代に、私淑して師と仰いだ「大内季吉氏」から受けた思想の根幹が、戸高さんの後の生涯に大きく影響したことは、私が後に大内先生を識ることによって痛切に感じさせられた。

大内季吉氏は茨城県水戸市の出身で、「上海東亜同文書院」卒業。水戸の貧乏士族の子と自らを称していたが、長兄が大内爲喜陸軍少将、その長男大内恒忠陸軍中佐と、水戸の名門士族の生まれ、中国を愛して止まない熱血溢れる志士的風格の漂うお方だった。

昭和十二年、重慶の蔣介石国民党から汪精衛氏の離脱、新たな親日的南京政府の樹立、汪精衛主席の誕生と、黒子的活躍で成功に導き、新しい展開を推進させた数少ない国士の一人だった。その後、占領地域の産塩を集買・管理して塩税を徴収、汪精衛の南京政府に納入、また一方では軍政に協力し、産塩の非占領地区への流出を防ぎ、敵地断塩政策遂行を起案実行した唯一の日本人だった。そんな大内季吉氏率いる「裕華塩業公司」の杭州地区総支配人として上海から杭州へと赴き、得意の中国語を巧みに操って多くの中国人を駆使し、南京政府との信頼関係を築き上げたのが、戸高保さんだったのだ。便衣姿にピストルを吊げた当時の保ちゃんの姿からは、向かうところ敵なしの気迫が溢れていたに相違ない。

昭和三十六年一月、戸高さんが、入社二年目の私を伴って東京に出張した時のことである。その時、私を誇らしげに大内先生に紹介し、三泊四日の行動を共にして、ご指導を頂いたことが明瞭に思い出される。その夜、赤坂の高級中華レストラン「赤坂飯店」の席での大内先生のお話は、「日本人の思想の根幹に就いて」であった。それは興味深い数多くの教示であった。最後に、中国の思想の素晴らしさは、二千年前から今日まで微動だにしていない、僕の大好きな漢詩を君に伝えようと言って、紹興酒の盃を片手に静かに漢詩をつぶやき始めた。

登鸛鵲樓《かんじゃくろう》　　　王之渙（六八八～七四二年）
白日依山盡
黄河入海流
欲窮千里目
更上一層樓

「白く輝く太陽の光は彼方の山脈によって限られている。　黄河ははるかに海に向かって流れてゆく。　千里の眺めを見きわめようと、　たかどのをもう一層のぼってみた」。

情緒に溢れた壮大な感じが浮かんでくる。

この漢詩はすでに入社した時から知っていた。社長室の壁に流麗な書で扁額が飾られていたからだ。戸高さんもかつて、大内先生を最初に識った時に教わったに違いない。ボーイにメモ書きを持ってこさせ、さらさらと漢詩を書いてくださったことが目に浮かぶ。最高の料理と美酒、何気ないそぶりの中での話が、ひとこまひとこまスローモーション映画のように通り過ぎてゆく。戸高さんは、なんとすばらしい師と死生を共にしてきたんだろうか、と羨望の思いが心をよぎったことだった。

一九三〇年代から四〇年代に於ける上海祖界文化は、日支事変の緊迫した前後の世情の中にも拘《かかわ》らず、華美でいて退廃的なムードがひしめきあっていたようだ。

杭州から上海へ、業務の出張で出社した本社は、ガーデンブリッジ向かいの瀟洒なブロードウェーマンションの十四階にあった。仕事を終えて、一時の心の安らぎを求めた所が、なんと戦後六十三年を経た今日も存在するピースホテル一階にある「ジャズクラブ」。連日連夜、ジャズの生演奏を聴きながら中国美人と欧米人との社交の場だった。

晩年のタモツちゃんがブランデーグラスを傾けながら、時折、何かを思うような目つきで空間を見据えながら、「上海バンスキング」の思い出にふける時、幾度となく聞かされたことばは、「一度連れて行き、君にフィーリングを味わわせてやりたいな——」。そしてその次に出てくることばは、杭州での思い出だった。「杭州にはなあ君、西湖という大きな湖があってなあ、三方は山、一方が町並、千年の歴史を誇る、呉、越、南宋の都として栄えた美しい都なんだよ。春には岸辺に咲く桃の花、夏には湖に咲くハスの花、その美しさは、日本では想像も出来ん美しい中国の都なんだよ。僕は生涯を杭州で過ごしたかったんだ。」

三年前、機会を得て、「タモツちゃん」が虚空を見据えるようにして幾度も語ったあのガーデンブリッジを歩いて、ピースホテルで上海バンスキングの思いに浸り、広大で美しい西湖を一時間かけての遊覧船で楽しんだ時、三十数年前の過ぎ去った「タモツちゃん」いや、大きな存在として心に残る「社長戸高保さん」に、「貴方の足跡のすべてを訪ねてきましたよ！　すべてはあなたの仰った通りでしたよ！　貴方の思いを果たしてきましたよ！」と、心の中で込み上げる感動を抑えながら叫んだ。

タモツちゃんの晩年に詠んだ詩の一節に

「白い雲は子供の夢

　雲はいいなあ

　忘れてたことを想い出させる。」

それはかつて西湖の辺りに遊んだ時、ふと空を仰ぐと、西から東へ走り去る鰯雲。子供の頃が脳裏をかすめ、無性に望郷の思いにかられたことがあった、ときく。そして戦乱の杭州での生命をかけた毎日の姿が心の中にオーバーラップして、その思いを詠んだに違いない。

八月の西湖は湖水も熱く、湖の行く先は水蒸気が立ちこめていた。湖面には、ピンクの大きなハスの花が、まるで極楽浄土を思わせるような姿で、美しく競い合って咲いていた。彼方の空には白い浮雲が、次から次へと現れては風に乗って走りすぎていった。

戸高保氏　略歴

大正六年六月二十九日　宮崎市にて出生
昭和二十一年四月　中国杭州より引き揚げる
昭和二十四年三月　文化宣伝社設立
昭和四十四年九月　総合広告代理店
株式会社文宣設立　代表取締役就任
昭和二十六年四月～昭和四十六年四月　宮崎市議会議員に連続五期当選
昭和四十六年四月～昭和五十一年四月　宮崎県議会議員に連続二期当選
昭和五十一年四月四日　没

（エッセイスト・クラブ作品集13　２００８年）

江戸文化、ヴェネツィアでの開花

今や日本を代表するガラス造形作家、国の卓越技能者「現代の名工」黒木国昭さん（昭和二十年三月宮崎県旧須木村生まれ）が、この道を志して以来四十三年、ライフワークとして長年にわたり、その真髄に迫り続けている元禄文化の華「琳派」。

「琳派」は江戸時代初期に、俵屋宗達による卓越した才能によって始まったと伝えられているが、百年後の元禄時代、尾形光琳（一六五八―一七一六）によってその技能が洗練された技法によって受け継がれ、我が国の装飾文化を確立されたものと、広く知られている。一方、浮世絵師として世界に名を残した歌川広重（一七九七―一八五八）は、若くして絵が巧みで、十五歳の時、歌川豊広の門に入り、翌年広重の名を与えられ、浮世絵を学ぶとともに、狩野派、南画、四条派と多くの流派を学び、美人画、役者絵、武者絵、風景画等、多方面にわたり活躍した。特に彼がはじめて東海道を旅行し、沿道の風景を写生した成果をまとめて発表したのが、東海道五拾三次の五十五枚の作品。雪や雨や霧や風等の、自然の風情を巧みに表現した、情緒あふれる臨場感にひたらせてくれる。

集大成のひとくぎりとして、黒木国昭さんが完成させた「東海道五拾三次」五十五作品と光琳の力作を揃えた、総数八十五点の作品による、完成記念展が、「ガラスによる日本美の表現　琳派と広重の展開」のタイトルで、地元宮崎市を皮切りに、平成十八年十一月より平成二十年一月中旬まで、全国六大都市で華々しく巡回展が開始された。

全国六大都市のそれぞれの会場は、観賞者からの激賞の声で満ち溢れ、特に各宿場町の出身者ではないであろうか、と思われるご婦人方が立ち止まって、眼を輝かせながら熱心に観賞されているのが多く見受けられたことだった。

全国六大都市と、海外はニューヨーク、パリでの公開予定は、大きな話題となって各方面で喧伝されたことだった。そんな中で、宮崎県立美術館でのオープニングセレモニーに、イタリア政府関係筋から専門家を出席させたいとの要望が実行委員会に届いたのは、開会式三日前のことだった。

開会式前日の展示準備の慌ただしい中を会場に訪れた一行四名は、欧州観光大学学長（在オーストリア・ウィーン市）、在日イタリア商工会議所会頭、他通訳を含めての四名。セレモニーでのあいさつに立った学長は、「江戸文化の華、琳派の世界を、ガラスで立体化した極めて美しい色彩とデザインは、今日までのガラスの世界で見られない前人未踏の境地を拓いたもので、ガラスの聖地ヴェネツィアにないガラスの新しい世界を拓いたもの。是非ヴェネツィアでイタリア国民に見せてください」という激賞ぶりだった。

イタリア政府関係者にとっての驚きは黒木さんの技法の新しさで、「ヴェネツィアの技術に見られない、独自のモチーフを、正確な再現描写技術、しかも立体化した作品には、臨場感が溢れんばかりであった」と元アリタリア航空会長のマズウッカ氏が語っていたことが印象的であった。

そして、ヴェネツィアでの開催誘致が、イタリア側によって積極的に進められた。すでにニューヨーク、パリでの会場交渉が進められている中での誘致交渉であるだけに、嬉しいやらなんやら、ニューヨーク、パリの二大都市での打切り交渉は、大変な難題であった。

実行委員会では、どちらを選択するかで協議の末、ニューヨーク、パリを断って、イタリア側の申し入れを受諾することにした。ガラス造形の都、ヴェネ

2008年11月 イタリアで開催された
黒木国昭氏 ヴェネチア展

ツィアへの憧れを抱いて四十三年間、マルコポーロ以来のガラスによる里帰りは、黒木国昭さんの大いなる夢の実現であった。

一年半にわたって周到な準備を重ねて、遂にその時がやってきた（平成二十年十一月二十八日〜平成二十一年一月三十日）。巡回展発起人の一行十名、テレビ取材班二名と別途に、東京、大阪、鹿児島、宮崎の各市から一般参加者二十数名がヴェネツィアを訪れて、記念すべきオープニングセレモニーへ駆けつけた。

会場の「カ・ペーザロ宮殿」は十三世紀に、サン・マルコ寺院の行政官カ・ペーザロの館として建てられた典型的なヴェネツィアン・バロック建築として荘厳なたたずまい。四階建て大理石造りの建物は運河に面して、玄関広間の両側壁に埋め込まれたヴェネツィア出身の著名な芸術家達の胸像が見事な美しさで飾られている。現代美術館と東洋美術館が同居した、独特の雰囲気が伝わってくる。

開催に当たっての展示方法は、両美術館の常設展示品と対等に陳列して、作品の特性を際立たせていたのには驚いた。東洋美術館では、徳川将軍を乗せた金箔蒔絵の中央にくっきりと画かれた葵の紋、黒漆塗りの駕籠の横には、「京都三条大橋の衝立て」――その気品と豪華さには、おたがい一歩もひけを取らぬ美の競演を見た思いだった。その他にも現代美術館では、グスタフ・クリムトの作品との対峙、等々、演出の見事さに圧倒された思いであった。

オープニングセレモニーに先だって、東京の参加者達によって祝舞が披露され、茶道の師匠達の手によって、多数の地元ご来賓の方々に抹茶が次々と振る舞われ、初めて東洋文化に触れ、感激にひたっていた人々の様子が感動的であった。

紋付羽織、袴の、日本古来の正装に、威儀を正した黒木国昭さんの緊張した心を解きほぐすかのように、セレモニーは両美術館の館長、イタリア政府代表、ミラノ駐在日本国総領事の順で、挨拶が行われ、何れも最高の讃辞、特に現代美術館長の挨拶では、常設展示品との併展によって、「マエステロ黒木国昭」の作品価値は五〇パーセントアップしたと証明するという発言に、会場では一瞬どよめきがおこった。

ヨーロッパ近代美術作家達の作品、贅を尽くして収集されたであろう東洋古美術品との、対等な展示による扱いは、その評価を対等なものとして誰もが認めることであったと思う。特にヴェネツィア、ガラス発祥の地、ムラーノ島から、大勢のマエステロ達が来場して、目を輝かせ、「東洋のマエステロ黒木国昭」の作品を熱心に、身を屈めながら眺め入っていたのが印象的であった。

期間中、特に、クリスマスを挟んでの年末年始のニューイヤーズ・ヴァケイション、イタリア国内は勿論のこと、ボーダレス社会、ユーロ圏内のオーストリア、フランス、ドイツ、スイス等の近隣各国から車で多くの美術愛好家達が訪れ、「マエステロ黒木国昭」の名は忽ちの内に、ヨーロッパに広まったことだった。

綾町「酒泉の杜」内の工房から生まれたガラス工芸の火が、ヨーロッパの舞台で、今、赤々と燃え、広がりを見せているのを自分の眼で確かめることが出来たのが、何よりも嬉しい。

今回、ヴェネツィア訪問での大きな関心事のひとつは、世界遺産に触れて、イタリアの歴史を肌で実感したいという願いであった。イタリアには現在四十二カ所の世界遺産があり、その殆どが、古くは三千年前から、人間の才知で造られ、宗教、文化の中心を創り上げてそのままの姿で、古代文化を人々の前に、美しい偉容を見せている。そのすべてが文化遺産である。特にヴェネツィア本島は、島全体が世界遺産として保存され、タクシーをはじめ自家用車等一切乗り入れ禁止で、振動と排気ガスから、市全体を守っているのには驚いた。

そんなことで私達は、ヴェネツィア本島を約一時間かけて、ゴンドラで周遊した。街中張り巡らされた運河を伝って、優雅な街並みの情景を堪能した。アコーディオンの哀愁を秘めた音色、大きく両腕を広げゼスチュアたっぷりに、大空に澄み渡るように歌うカンツォーネに、うっとりと聴き惚れながら、最高のゴンドラ・クルーズであった。

一八〇〇年代初頭に建ったという私達の宿泊したホテルは、サンマルコ広場のすぐ隣、映画「００７　カジノロワイヤル」の最後のシーンで有名なあの広場を歩き回って、古代と現代の臨場感にひたったことだった。そしてヴェネツィアから車で一時間、シェークスピア（一五六四—一六一六）の世界が展開するヴェローナ市に向かった。

　ヴェローナ市も街全体が世界文化遺産の街である。「ロミオとジュリエット」（一五九四〜一五九五作）の悲しい物語を秘めた、ジュリエットの生家は、質素なたたずまいで私達を迎え入れてくれた。そして西暦七〇年に建設された「コロッセオ」、全体が巨石を集めて造られた五万人収容の円形闘技場。かつて、囚人と猛獣を戦わせた残忍なシーンを彷彿とさせる。

　目を閉じてしばし立ち止まると、ヴェローナを支配した皇帝や、その従臣達、皇帝の側に侍る妃や、きらびやかな衣裳に身を包んだ多くの侍女達が並んだであろうお立ち台、少し離れて突き出した石畳の上では、甲冑に身を固めた楽士達の吹奏するファンファーレが、今にも聴こえんばかりに目に浮かんでくる。二千年前のステージがその儘の姿で現存するのには、驚きと同時に、未だ味わったことのない大きな衝撃を感じたことだった。

ヴェローナの世界遺産「コロッセオ」にて

最後の訪問地、宗教と現代文化、ファッションの混在するミラノ市へ。四百年の長い歳月をかけて完成したミラノのシンボル、ゴシック建築の大聖堂ドウオーモ。イタリア屈指の歌劇場スカラ座。サンタ・マリア・デッレ・グラツイエ教会の世界的に有名な名画、レオナルド・ダ・ヴィンチ（一四五二―一五一九）による「最後の晩餐」（一四九七年完成）十字架にかけられる前夜、十二使徒達との最後の晩餐の席で、弟子の中に裏切り者がいることを告げるキリスト、弟子達の驚きの表情を、縦四・六メートル、横八・八メートルの壁面に表現した名画等々。イタリア北部の大都市ミラノの歴史と文化には、去り難い思いで後ろ髪をひかれながら、日本への出発地、ドイツ南部の都市フランクフルト空港へと向かった。

（エッセイスト・クラブ作品集14　２００９年）

感性に訴える活性化への試み

何時の間にか、夜のしじまをぬって蟋蟀《コオロギ》の合唱が聞こえてくる季節が巡ってきた。異常気象に悩まされた今年の夏も終わり、やっと心の中に自然の感慨に浸るゆとりが生まれてきたのが何よりも嬉しい。

蟋蟀の大合唱に始まる自然界の秋のプロローグ、今年の秋はどんな芸術文化に触れることが出来るのだろうかと、今から楽しみだ。

太陽と緑、神話のふるさとにイメージされた宮崎市は人口三十七万人、明るく、人情味豊かで、それでいて鋭い感性に満ち溢れた多くの市民。そんな市民の中から感性豊かな人々が、宮崎市の文化芸術のオピニオンリーダーとして結集、昨年秋発足した「みやざきアートフェスティバル実行委員会」の活動が今、市民の心を大きくゆり動かしている。

今年のスプリング・ミュージックフェスティバルは、日本音楽界のトップアーティストによるピアノトリオコンサート。三人の東京音楽大学教授、堀了介、久保陽子、弘中孝の各氏の演奏は圧巻だった。そして四月十三日から五月六日にかけて、中央で活躍されるアーティストを招いての、五組のクラシックコンサートが、市民に披露され、集まった人々を感動させたことだった。

オピニオンリーダー達による、手づくりのコンサートは、運営も大変ユニークなもの。中心市街地の活性化に意欲を燃やす地元商店街の「日高時計本店」社長日高晃氏と、スイスの有名時計メーカー、カール・F・ブヘラのメセナ（芸術文化支援）に支えられてのスタートであるが、会場は日高時計本店二階のサロン。百二十名収容の会場は、毎回満席のクラシックファンの熱気で溢れている。

至近距離で演奏者と向かい合って聴く迫力ある姿はライヴ会場ならではのある種の興奮を感じさせられる。それにもまして、会場を提供している日高晃氏に対して、その心意気に大いに打たれるものがある。世界の各種高級腕時計の正規代理店としてのお店であるだけに、セキュリティの問題を含めて、従業員には、大きな負担を強いているにもかかわらず、街づくりのため、芸術文化のためと、おおらかな心で、支えている姿には毎回感動させられる。

今、宮崎県は東国原知事のスローガン「県民総力戦」の合言葉の下、県民一丸となって、観光、物産、スポーツ、芸術文化の浮揚に懸命の努力を重ねている。そしてそれらが、大型店との競合で苦しむ中央市街地商店街の活性化にどのようにリンク出来るかを模索しながら、成功へ向かって歩を進めている。

全国各地方都市における中心市街地商店街の空洞化、衰退に歯止めをかけられない今日の現状。日高晃氏が、文化のプロバイダー的役割で、「明日への掛け橋」となって、黙々と果たしていることに心から敬意とエールを贈りたいものである。

この秋行われる「みやざきアート・フェスティバル二〇〇八」、中央で活躍中の多彩なアーチストを招いて、来る十月十九日から十二月六日までの計十一回に渉って繰り広げられる。「街をキャンパスに」「街をステージに」の合言葉で始まる予定だ。今年は桐朋学園大学教授でバイオリンの世界的奏者、加藤知子氏をはじめ、国内外の多彩なアーチストの出演が決定し楽しみだ。終演後に日高晃氏が振舞う地元特産の「綾ワイン」を酌み交わしながら、余韻を楽しむ日が来るのが待ち遠しいものだ。

宮崎市中央商店街から始まったユニークな活性化の行動が、全国の人々の耳目に、アテンションゲッターとして響けば、こんな嬉しいことはない。


（財界）

2009年 宮崎商工会議所創設80周年記念式典にて、役員議員勤続30年表彰をいただいた

肆の章

天使のハンマー

真夏の日の出に輝く爽やかな朝でもないのに、このところ、しとしとと降り続く梅雨の雨の中を、「キッキッキッ」「キッキッキッ」と甲高い小鳥の鳴き声に、早朝からねむい目を覚まさせられる。

寝室のカーテンをそっと手で拡げて外を覗くと、目の前の梅の老木の枝に止まって、左右を眺め、五、六センチの長い尾を上下させながら小鳥が鳴いている。

それはまるで、フォークシンガーのジョーン・バエズが歌う「天使のハンマー」の歌にある、「ハンマーで鐘をたたきながら危険を報せている」ような感じがしてならなかった。

くる日もくる日も、そんな早朝の「天使のハンマー」の鳴き声が続くので、今日こそは追い払ってみようと、外に出てそっと木の側に立ってみると、小鳥はあわててバタバタと羽ばたいて飛び上がり、大きなやぶ椿の枝先に止まってこちらの様子を窺っている。

「一体なんだろう、これは」と思いつつ、なにげなく梅の木の青葉の茂る枝の中を見渡してみると、何と、奥まったところの枝の重なった枝と枝の間に、見事なまでに、丼状の巣がつくられているではないか。何百本かの小さな枝を一本一本くわえて運び、積みあげて作られた巣の中から、じいーっと、こちらを見つめて、頭だけを見せている親鳥の姿がある。青葉に覆われた丼状の巣は、まるでシェルターのように見える。

身動きもせず瞬きひとつしない姿は、きっと卵を暖め、ひな鳥の誕生をひたすら待ち続ける親鳥の心情であろうと感動させられる。

しとしとと、時には激しく降り続く梅雨の雨の中を、濡れながら時を待つその姿には、母性愛を感じさせられたことだった。

梅の老木に宿ったひとつのちいさな命。この樹の生いたちが思い出されてくる。

昭和五十三年二月、今から三十四年前のことだ。八十八歳の父が膀胱結石が原因で、重い腎不全に陥り、県立宮崎病院に入院中の時だった。友人のI君が、見舞いに訪れてくれたその時、重たそうに持参した見舞いの品が、見事な枝造りの紅梅の盆栽だった。殺風景な病室が明るく、まるで生命の灯りが差し込んできたような感じがしたことだった。

彼は、その後、重病の父の見舞いに盆栽を持参したことを、いたく後悔して、私に何回も謝ったことだった。それは、鉢物は「病が根づく」という世間のいいつたえを、紅梅のあまりの美しさに忘れて、父を喜ばせてあげたいという一心が、先行した行為であったのだ。

その後、程なくして父は亡くなり、I君の優しい心と友情を忘れないよう、父への祈りを込めて、地面に移し替えた。そんなI君も五年前に亡くなった。あれから三十四年経った今日、当時の盆栽はそのままの姿形で成長し、三メートル余りの高さになり、老木の域に達しながらも毎年二月には、美しい花を咲かせている。

季節が巡るたびにI君のことや、父のすべてが甦ってくる。

長い月日を経て、そんな想い出の樹に新しい生命が誕生し、巣立とうとしていることに、何かしら不思議な巡り合わせが感じられる。

朝起きて、顔も洗わずに庭に出て、樹の中の巣を覗くと、可愛い目をキョロキョロさせながら、こちらを眺めている。やがて親鳥が樹上を旋回し、バサバサと羽音をたて急降下して、空中遊泳しながら、瞬時の間に餌を口の中に入れこみ舞い上がる。

親鳥の羽ばたきをきつけて、小さな口を大きく開いて待つ姿に、親子の以心伝心がどうして、こんなにもピッタリとフィットして伝わるのだろうかと感心させられる。

目に見えぬ糸に手繰り寄せられて生きる本能、親子の愛、人間の母性愛と変わらぬ、小鳥の知恵に心が躍る。

「元気に！」「頑張って！」

ひな鳥との早朝のこんな挨拶が日課のようになり、暫く経ったある日の朝、声をかけたが、可愛い姿は、そこになかった。

一瞬淋しい思いが心をよぎったが、我が子の子離れ、親離れの心境に似た思いで、やがて心の中を通り過ぎていった。

小雨の降りしきる中、見上げると電線の上で、行儀よく三羽の小鳥が並んで長い尾を上下に振りながら、キッキキッキッと鳴いている。巣立ちの別れの言葉を告げているように聞こえてならなかった。

梅雨空の中を、疾風《はやて》のように飛び交う小鳥の姿を目で追いかけていると、何かしらふくよかな安堵の気持ちが心に漂ってきたことだった。

（エッセイスト・クラブ作品集17　２０１２年）

光陰流水（その一）

今年のお盆も例年通り賑やかな蟬時雨の中に、妻の美智子をはじめ、先祖の精霊をお迎えして、なごやかな中に過ごすことが出来、何やら「ホッ」とした安堵感に浸っていると、次々に思いが浮かんでくる。

お盆に対しての形式の変化もそのひとつ。美智子の初盆の時に用意した回り灯籠の傷みがはげしく、新しく買い替えに向かったところ、薦められたのが鉢入りの造花。コードを差し込むと花の一片一片に、細かなLEDライトがカラー変化する見事な装飾。幻想的な回り灯籠から仏様への連想へと続く境地とは、全く異なった発想の仏様への結びつき。

パイオニアスピリットに溢れた先祖様への尊崇の心を捧げんものと、早速、胡蝶蘭とカサブランカの二鉢を購入して飾った。

生花の両側に次いで飾られた電飾花は、吊り下げられた提灯や脚付き提灯を従えるように、燦然と辺りに輝きを撒き散らす美しさ。今年のお盆は、先祖の精霊様に何よりの御供養であったと、心の中で自慢している。

そんなあれこれを考えながら、仏壇の中から我が家の過去帳を取り出し手繰って見る中に、パイオニア精神に溢れた祖父のことが、祖母の思い出と重なって次々に心の中に拡がってゆく。


我が家の祖父伊野彦次郎は、一八五七年（安政四）、熊本県天草郡下田村二五一一番地にて出生。一八八五年（明治十八）、大志を抱き、韓半島へ単身二十八歳で渡韓。六十年間に渉り、女婿健次郎とともに生活の基盤を、現在の仁川《インチョン》市、当時の仁川府で築き上げた。

やがて祖父は、故郷天草下田村の中村家から十歳年下の「マサ」を妻に迎え入れた。翌年、長女ササエを出産、三十八歳で父親となった。

子どもの頃、祖母から聞かされた当時の話が、鮮明に思い出される。

渡韓して最初に就いた仕事は、「水売り人」だったそうだ。当時の韓半島では上水道の設備は行き届かず、家庭内に井戸を持たない地域の人達は、荷馬車に、木造の水タンクを載せた水売りに生活用水を依存していたという。暑い日も、寒い日も、雨の日も、風の日も、見知らぬ異国で、根気よく馬の手綱を取って水売りに回る祖父の姿に、子ども心にも侘しさが胸をつく一方で、根性の中に生きるパイオニア精神を激しく感じさせられたものだった。

数年後、やがて苦労の甲斐あって、府内の水売り車を次々と手中に入れて事業を拡張させ、漸く余裕を感じられた頃、当局によるインフラ整備が話題にのぼり始めた。それを機に熟慮の末、日頃心に描いていた「穀物商」への転身と、大きく方向転換の舵を切った。

当時から韓半島は、東亜細亜地域に於ける有数の「穀物の宝庫」。この仕事を天職にと、大いに情熱を燃やしていたという。

故郷、天草島のちいさな村の、庄屋の分家の二男坊が、一躍、東亜細亜の穀物市場の中核を担う韓国のマーケットの中で、周到な計画、智恵、機敏な行動力で生き続ける姿を想像しながら、幾度となく祖母の物語を聴いたことだった。

その行動は、マーケットの周辺で飛び回る一枚の「将棋の駒」の動きに等しかったにせよ、その気宇は壮大であったものと思う。

一八九七年（明治三十）、祖父は天草に残していた妻マサと愛娘のササエを同伴して帰韓し、仁川でスウィートホームでの生活が始まった。

娘ササエは成長するにつけ、母マサに似て、大柄な体軀、つぶらな瞳に分厚い黒い眉毛、均整のとれたボディライン。特に当時の日本人女子には珍しいヒップアップした豊満な美しさは、日本人居留民団子女の中でも話題に上るほど。仁川高等女学校では同級生の人気の的であったようだ。

祖母はそんな一人娘の自慢を、折にふれて孫にきかせるのを楽しみにしていた思いがしてならない。

日露戦争の傷跡も癒え、日韓併合による時代の流れも落ちつきを見せ始めた頃の一九一八年（大正七）、祖父は娘ササエ（二十二歳）の伴侶を見つけるのに躍起になっていた。苦労の限りを尽くして築き上げた穀物商の後継ぎは、そんなに簡単には見つけられなかった。

相応しい養子を見つけて、将来へのバトンタッチを期待する祖父に、これはという朗報が入ったのは、その年の秋だった。取引先の釜山市に在る中島洋行釜山支店長からのものだった。

本籍広島県、両親は北海道農業移民で、北海道北見国網走郡出身。高等小学校卒業後、釜山市の親類を頼って渡韓し、親類の援助で商業学校を卒業し、中島洋行釜山支店で活躍中のホープという情報だった。

早速釜山にかけつけて当人に面会すると、身長一・五メートル程の小柄ながら、精悍な体軀の好青年であった。三井、三菱と肩を並べて、海外での貿易業務に携わる中島洋行は、今日でも明治以来の歴史を誇る日本を代表する貿易商社である。グラマーで大柄な一人娘ササエが果たして気に入ってくれるかどうか、気にしながら八時間の帰りの汽車の旅だった。

翌日、三人でゆっくりと、家のこと、娘の将来のこと等々話し合った末、機会を見て仁川まで来てもらう手はずを整えた。

お見合いである。

当時、韓国第二の商業港として栄えた仁川府で、内外の要人達がきそって利用していた西洋料理店、精養軒の特別室で、純白のテーブルクロスをはさんで彦次郎とマサ、娘のササエの三人は「中村健次郎青年」と向き合った。

ほどなく母のマサがすっかり気に入って、デザートのアイスクリームをおかわりする程の打ちとけよう。娘のササエも勿論のこと、目の前で優しさと精悍さに溢れた、日本を代表する企業の若きマーチャントに異存のありようはなかった。ただ自分よりも十センチ程背が低いのが、心に残っただけだった。

親子三人して婿養子を迎えることに心が固まったことを機に、祖父は娘ササエの晴れ姿を一日でも早く見たさに婚礼の準備へと心は逸った。

明けて正月も過ぎ立春を迎えた頃の佳き日を選んで、中島洋行釜山支店長の媒酌の下、結婚式が仁川神社の神前で厳粛な中に行われた。

当時、植民地における社・寺の建立は、広大な敷地に伝統技法の粋を尽くした華麗さ、荘厳さとともに、国威の発揚を視野に建立されただけに、広い境内に立ち、玉砂利を踏むと、身の引き締まる思いが漲《みなぎ》ったものである。
郷里天草から招待されて初めて来韓した親類一同は、彦次郎マサ夫婦の昔の姿と見まがうばかりの躍進した境遇に、ただただ感嘆し、喜びの声が止まなかったと、祖母が目を細めて自慢の語り草として、何回も聴いたことを覚えている。

娘ササエの結婚を機に、数年後、事務所兼住宅を、海岸町一丁目十二番地の二階建てレンガ造りの倉庫付き借家に移転した。祖父彦次郎や、娘婿健次郎にとって仁川府海岸町に移転することは穀物商として最大の念願だっただけに、将来へのステップ台として大きな喜びだった。

韓国第二の商業港仁川府海岸町一帯は、当時、税関、郵便局、銀行、回船問屋、船具商、穀物取引所、穀物検査所、穀物商社、貿易会社等が犇《ひし》めいて商業活動の中心地的存在であったからだ。すでに韓国併合後の政策を予見した不動産業者が韓国人から次々に不動産を購入し、瀟洒《しょうしゃ》な建物の貸事務所兼住宅を建築して、格調高い港の商社街の形成に奔走中であった。
祖父は、娘婿健次郎の活発な営業活動に、自分の若き日の姿を重ね合わせ、韓国語を巧みに操っての商談、電話の受話器を取り上げると、「ウリノン、インチョンイーヤ」(私、仁川の伊野ですが)の出だしに始まるセールストークにききほれて、すっかり満足していた。

地元、京幾道を中心に地方の産地を見て回り、穀物の出来秋を見越しての買付けに奔走する若きマーチャンダイザー。そんな健次郎の姿に信頼の度を深め、二人目の孫、長男勉の誕生を機に、郊外に三百坪ほどの農地を求め、じっとしていられない性分の祖父は朝鮮人の下男を雇い入れ、ささやかな養鶏業を始めた。

故郷天草を出立して以来四十年、緊張とパイオニア精神で生きてきた祖父彦次郎にとっては、人生初めての緊張感から解放された、余生へのスタートであったかも知れない。

当時の鶏卵は、今日のようにパックに十個並んで行儀良く重ねられ、店頭に陳列されて売られている時代とは想像も出来ないような、原始的とも言える、藁を束ねて細長い苞《つと》を作り、その中に一列に十個卵を入れて藁で要所をくびって重ねて置く。そんな藁苞《わらつと》作りからの養鶏業を根気よく、祖母と下男のハンサバンと三人で、仕事をこなしながら満足していた。晩年の祖父は、人生の細やかな栄冠をかちえた喜びに一人微笑んでいたのかも知れない。

そんな祖父は、一九三一年（昭和六）十二月三日、初冬のぬくもりの日射しの中、パイオニア魂を貫いて生きた七十四年の生涯を静かに閉じた。

当時の平均的寿命から推測して、後に七十四歳で亡くなった祖母共々、今日で言う、九十四、五歳の長寿であったかのように思われる。

一人の知人、縁者も居ない異国の地で言葉を覚え、黙々と働いて得たステイタス。

二十八歳の青年伊野彦次郎の生涯がＬＥＤの華麗な光の交錯する中、追いかけるように祖母の語りが次々と心に浮かんでくる。

今年のお盆は、八十五歳の自分に、祖父から更なるスピリットを与えて貰ったような、感謝のお盆であった。

（エッセイスト・クラブ作品集19　２０１４年）

光陰流水（その二）

祖父彦次郎の亡くなった年の一九三一年、満州事変の勃発は、昭和の大恐慌による人々の、心の治まる間もない頃の出来事だった。

やがて、一九三七年の盧溝橋事件が日中戦争へと発展し、その発端以来、僅か八年足らずの年月の間に、今日の日本の運命が定まっていたように思えてならない。

祖父亡き後、日本を覆っていた不況の風はやがて治まり、父健次郎の営む穀物商の仕事も、国策に沿って順調に推移して行った。

内地（当時の植民地では日本本土のことを内地と呼称していた）向けの満州大豆、朝鮮米（食用油の原料・主食）の移出業務を主とした仕事の関係で、遠くは満州国奉天市辺りまで、足を伸ばし出張していた。そして子煩悩の父は、その都度、珍しい支那菓子のおみやげを持ち帰り、子供たち全員にとって大きな楽しみだったことを、鮮明に覚えている。

子宝にも恵まれ、一九一九年（大正八）長女澄江の出産以来、一九三九年（昭和十四）五男勝博の出産までの二十年間に、なんと五男二女の大家族へと発展していった。

そんな仕事に精を出す傍ら、母への労わり、気遣い、大世帯の切り盛りを見事にこなしていた。

心に蘇る大きな思い出が、次々に浮かんでくる。

毎年十月になると、近郊の農家から、葉付きの干大根を牛車一台取り寄せて、四斗樽に三樽と、一斗樽に二樽の、家族一年分の沢庵作り。家族全員で父の沢庵漬けを手伝ったり、見物したりで、その手際の良さに、子ども心ながら、父は器用なものだなあと、心から慕ったものだった。

干上がった大根と葉は切り離されて、まとめて積み上げられている。調合された米糠《ぬか》と塩を樽底に振り撒き、大根を一列に並べては糠を振り、また大根を重ねて、五段重ねるとそこに大根葉を敷きつめ、また大根を重ねて漬けるという作業を、こまめに片付ける手際の良さには、ある種、父親に対する信頼感を、しっかりと植えつけられた思いがしてならない。

やがて十二月、お正月を間近に控えた頃、沢庵の最高の味が楽しめる季節が訪れると、近所の親しい朝鮮人や、家族づき合いの日本人の何軒かのお宅に届けるのが役目だった。

「タンダニ、コマスミニダ」と何回も、チマ・チョゴリ姿のおばあさんにお礼を言われ、甕《かめ》壺から取り出した香りの高い、こちらも出来たての真赤な白菜キムチを、数株頂いて持帰るという、父の近隣の朝鮮人と親しくつき合う人情味豊かな性格が、後に外出も気ままに出来なかった戦後の混乱時に、彼等によって家族の安全が保たれたことに、結びついていたものと信じている。

海岸町一丁目の自宅から月尾島（ウオルミド）までは、海を隔ててバスで約三十分程の距離にして約五キロ。当時、朝鮮を代表する観光保養地として、月尾島の名は有名だった。

海岸から島に到る道路は、海中を埋立てて、往復二車線と、左右の歩道、約二キロ、海面から二メートル程の高さの、立派な石組みの突堤道路である。

朝鮮半島を代表する保養地として、また春は桜の名所として、多くの人々に愛された月尾島。

島の北端には、五階建てのホテル様式の保養施設、一階は海上に隣接して約四千五百平方メートル程の広さで海上十メートル程の高さに構築された大小二つのプール。五十メートルの長さの競泳プールと、二十メートルの初心者用プール。プールサイドは豪華な総板張り、観覧席のベンチ等。

一階のプールからは、螺旋《らせん》階段が取付けられ、二階に通じる塩湯温泉、海水を沸かした塩湯温泉は、朝鮮半島唯一の施設で、泳ぎに疲れた体を癒やし、真水のシャワーを浴びて、三階に移動して食事をとるという、近代設備は、当時にしては洒落たモダンな保養施設であったと、今でも生れ故郷仁川の自慢のひとつだ。

そして島の南側に位置する高さ五百メートル程の小高い山、山の麓に位置する海岸は、遠浅の干潟、格好の天然海水浴場だった。

山の頂上には月尾島神社が鎮座し、樫や松の大木に守られた神苑は、子ども心にも神々しいものだった。突堤を渡って頂上に向かう渦巻き状の道路の両側には、桜の木が植えられ、花の季節には、延々と続く桜のトンネルで、多くの花見客で賑わったことだった。

我が家の花見も、恒例の年中行事のひとつだった。母親と姉たちによる、手造りの重箱いっぱいのお花見弁当、お茶、三ツ矢サイダー、菓子、果物等、定番の品を準備して、迎えのハイヤーを待った。

仕事柄、段取りの良い父親の手配で、家族全員が一年に一度だけの、ハイヤーに乗れる嬉しい日でもあった。

フォードの八人乗りハイヤーが到着した。天皇陛下の御料車に似た独特のステップのついた、ユニークなフォルム、深々とした後部座席、前席の背面に取付けられた立派な補助席、前席に父と並んで座った。父がちいさな封筒を運転手さんに、そっと手渡しながら帰りの迎えの時間を約束していた。

そんな年一回、フォードで行く月尾島のお花見も、昭和十三年（一九三八）を最後に終わったのは子ども心にも淋しいことだった。

日華事変の暗い影が次々と忍び寄りつつあったのが、子ども心にも感じ取られた。

やがて、その年の秋の気配を感じ始めた頃のこと、仁川の街は、ただならぬ気配に覆われだしていた。中国の戦場に向かう陸軍の輸送船が、仁川に寄港し、兵員が上陸し、一旦休息して、大陸に出発するという事態が生じたのだ。

小中学校の講堂で、兵隊さん達が宿泊し、婦人会のお母さん達が食事や宿泊の準備をするという、お国のための仕事が舞いこんできた。そして収容しきれない兵隊さんや、将校さんたちの民泊の割当が示されてきた。

我が家では、毎回二人の兵隊さんが一泊し、日本人による最後のもてなしに感謝して、出征していった。宿泊の都度、もてなしの夕食は父の手捌《さば》きによる「すきやき」、そして、母が武運を祈っての「赤飯」。心尽くしの歓待に送られて行った兵隊さんの嬉しそうな表情が、今も目に浮かぶ。

日華間は全面的戦争に入り、中国共産党と国民党政府の抗日民族統一線が結成され、米英ソ等の援助を受けて徹底抗戦へと発展して行った。

ＭＥＲＣＨＡＮＤＩＳＥＲ（マーチャンダイザー）としての父は、日常の服装は幼かった子供の目から見ても中々のお洒落だったように見えてならない。

夏は麻の上下服に蝶ネクタイ、パナマハットという出で立ちでの外出。そして冬場の家庭では、郷里「北海道北見の国」から取り寄せた「厚司」を纏ってのお気に入りの姿。アッシとは、アイヌ人が使う厚い丈夫な綿織物、柔道着に似た半纏《てん》風の色、柄入りの仕事着は、北見の国、故郷のよすがに、ひそかにひたる父の心の、よりどころであったのではないかと思われる。

アッシを着ての父の立ち振る舞いは、また一風変わった働く父の姿でもあった。

そして凍てつくような冬の夜の外出時には、「インヴァネス」（ＩＮＶＥＲＮＥＳＳ）。膝下までの長さのカシミア製二重廻しを着用して出掛ける伊達姿。植民地では様々な服飾文化が、内地より移入されて、時代を造っていたのであろう。

一九四〇年（昭和十五）二月十一日、昼夜を通しての祝賀の式典、提灯行列などで賑わった「紀元二千六百年」の奉祝国家行事には、町内会、婦人会、小中学生をはじめ、朝鮮人を含めての、内鮮一体による世紀の祝賀行事であった。

神国日本の思想は、いささかの疑念もなく、人々の心の中に、深く感動の中に根付いたことだった。

そして翌年一九四一年十二月八日、太平洋戦争の開戦。

翌年初めには、穀物商品取引所の閉鎖。開戦は長年この道一筋に生きてきた父の仕事を、無残にも奪い取り、非情にも、見知らぬ世界に放り出されたも同然の出来事だった。

一九四二年の四月には、長男の勉が仁川中学を卒業し、東京の明治学院大学に進学、入れ替わりに次男の啓三郎（筆者）が仁川中学に入学した。次女の豊子は仁川高女三年生。三男の國昭、四男の利治はそれぞれ国民学校、五男の勝博は三歳の幼児。

大学、中学、女学校、小学校、幼児を抱えての、両親の心中は、並々ならぬものがあったに違いない。

父は、故郷、北海道根室市で、海産物商を営んでいた甥っ子の協力を得て、海産物を移入し、その取扱いで、細々と馴れない商売に打ち込んでいたようだ。

小学生の弟二人と三人で、父の目を盗んでは、商品の、カチカチに乾燥した帆立の貝柱や、鮭の切り身を乾燥させたトバ等、口の中でころがしながら、おやつがわりに食べたものだった。

盗み食いの味はしっかりと舌に残り、今では、毎年山形屋で開かれる「北海道物産展」では、乾燥貝柱とトバは必ず買い求めて、独り思い出にひたっている。

一九四三年（昭和十八）二月、勉兄に学徒出陣の召集令状が届き、平壌《ピョンヤン》市の陸軍輜重《しちょう》隊へ幹部候補生として入隊した。

両親にとって、今度は生活の心配から、長男の無事を祈る毎日へと、新たな心配が重なっていった。

その年の八月、父から「平壌の兄へ面会へ行くので、一緒に連れて行く」と伝えられた。平壌までは汽車で六時間、乗物に弱い母の介助がてらの旅だった。平壌に到着した時の母は、顔面蒼白、立ちくらみのする状態だったが、何とか郊外の部隊まで、タクシーで辿り着くことが出来た。

面会所では、持参した母と姉の手造りの「おはぎ」を、兄がむさぼるようにして食べている姿を見守りながら、母が兄の元気な姿に涙を流していた。

長男に対しての親心をこれ程までにも、目の前で目にしたことはかつてなかった。

翌年、一九四四年八月のある日突然、前ぶれもなく、兄が、同期の幹部候補生二人を伴って帰ってきた。慶尚南道、大邱市の部隊に転属命令が下り、赴任するとのことで、三人で一泊の上、翌日大邱に向かった。

戦後の回想であるが、兄はあの時、大邱への転属がなかったら、戦後シベリアへ移送され、命の存在さえも計り知れなかったことであったろうと、家族皆で、回顧した思い出がある。

真珠湾攻撃から、三年八ヶ月、朝鮮では、国民の一人一人が、誰も戦争に負けるなんて思った人は、一人もいなかったと思う。

何故か、朝鮮全土では爆撃を受けた都市は皆無であった。広島、長崎、両市の新型爆弾の投下による、多くの犠牲者の生じた様子は、新聞紙上で見たが、全国各地での無差別爆撃による、国内の戦況は、情報統制下の中で、知るよしもなかった。

そのような中での、終戦の玉音放送であっただけに、俄《にわか》に信じ難く、唖然とした思いの中、呆然自失、涙にくれるばかりであった。

更なる苦難を目の前に、大家族を率いて新たな試練に立ち向かわんとする父、健次郎。その日から周到且つ綿密な、未知の世界への、模索が始まった。

（エッセイスト・クラブ作品集20　２０１５年）

高麗史への回想

韓国が東アジアのハブ空港と位置づけて完成させた仁川国際空港。人口二五〇〇万の韓国第四位の都市、仁川市の沖合三キロの黄海に浮かぶ永宗島と、隣の龍遊島の間に広がる干潟と海を埋め立てて完成した仁川空港の広さは、四六五〇ヘクタール、関西空港の約九倍の大きさである。

開港と同時に就航したアシアナ航空「仁川－宮崎」国際定期便に乗って早速訪ねてみた。仁川は我が生まれ故郷、なつかしい第二の故郷である。

巨大空港から幾つかの島を結んで、干潟や海上を走る首都ソウル特別市に向かう高速道路は、右手に仁川市内、左手に往時の高麗の都、江華島を眺めながらの快適なドライブコースでもある。仁川市から指呼の間にあった二つの島が忽然と消えて、海中に浮かぶ空港が出現し、何もかも超近代化され、大きく変貌した様子には驚かされた。

そんな中で、少年時代に幾度か訪れたことのある「江華島」の黒々とした島の緑は、五十年前とちっとも変わらぬ佇まいを見せ、高麗時代の悲しい歴史を、今も猶物語っているように思えてならなかった。やがて、井上靖著『風濤』に格調高く、そして流麗に当時を描かれた高麗史、七五〇年前の歴史のひとこまひとこまが、脳裏に刻みこまれて、幾度となく悲しみを誘われた思いが、瞼に浮かんでくる。

江華島は、一二三〇年代の初め、度重なる蒙古軍の侵攻を避けるために設けられた仮の都であった。国土を蹂躙されて、否応なしに追われるように遷都させられた高麗王高宗が、太子典を使者として、蒙古に服従を誓い入朝させるために、降表を捧げて江華島を出たのは、一二五九年四月二十一日のことである。

あれから七四二年後の二〇〇一年四月、韓国が亜細亜における経済大国として発展した証を世界に誇示した仁川国際空港の開港は、屈辱の高麗史を払拭する偉大な歴史の一ページであったことと思われる。

本来ならば父である高麗王高宗が入朝すべきであり、蒙古からもそれを厳しく求められていたが、高宗は六十八歳。当時としては高齢であったに違いない。多年にわたる蒙古軍との抗争による心労のために、その容態は明日をも知れぬ気遣わしい状態にあった。そのようなことで父王に代わって、太子典の入朝になったのである。

江華島の高麗王高宗が、遂に世祖フビライの要求を受け入れて島を出て降を乞う決意をして二ヶ月後、蒙古兵は大挙して島に入り直ちに城の取り壊しにかかり、蒙古兵に指揮された高麗兵達により江都のことごとくは破壊され、そうした騒擾の中で高宗は、無念の思いの中に薨じた。

高宗の生涯での後半は、フビライの韓半島蹂躙の歴史そのものであり、高宗にとっては、一日として心の安まる日はなかったことである。

世祖フビライの野望である日本征討は、新王「元宗」によって、高麗の国を挙げての犠牲の上で行われた。高麗の使者をして執ようなまでに、フビライの要望を満たさんとしたが、執権北条時宗にことごとく拒否されたため、九州に来寇したのが一二七四年。この時の進攻失敗にも懲りず、再び一二八一年夏、九百隻の軍船を率いて進攻してきたのが「元寇の役」である。

「四百余州を誇る／十万余騎の敵／国難此処にみる／弘安四年夏の頃〃多々良浜辺のえにし／そはなに蒙古勢……」元寇の役の勝利を讃えた歌が蘇ってくる。

今、NHKテレビで日曜日夜放映されている大河ドラマ「北条時宗」。感動の中で毎週観ているが、その一方における世祖フビライによる、高麗国の虐げられた国中の苦しみの出発点が、江華島であったかと思うと、感慨無量の思いであった。

一二九四年世祖フビライの薨ずるに及んで東征の夢は絶たれ、高麗国に平和の日が訪れることとなったのは、何にもまさる幸せなことであったろうと思われる。
まだまだ果てしなく拡がる、哀愁に満ちた高麗史、『風濤』。

何時のまにか、高速バスは、漢江の西岸、汝矣島《ヨイド》の国会議事堂前にさしかかっていた。韓国の国花「むくげ」の純白の花が沿道に無数に咲き誇っているのが美しく目に映ってくる。疲弊にあえぎ、フビライの命ずるままに属国として生きた高麗史が、まるで嘘のような、近代国家、大韓民国の平和で発展した二一世紀の姿。偉容を誇る国家の象徴、国会議事堂、悲嘆の中に消え去った江都の城とオーヴァーラップしながら、むくげの花の向こうへフェイドアウトして行くのが、何時までも心に残って、印象的な韓国旅行の第一歩であった。

（文中　井上靖著『風濤』より一部引用）

（未発表）

『風濤』読書の醍醐味

毎年、元旦を迎えるたびに、自分自身への誓いのひとつとして、今年こそは「読書百冊」を実現するぞ、と固く心を引き締めるのだが、七月を過ぎ灼熱の盛夏の頃になると、怠け者のくせが頭をもたげはじめて、実現が危かしい。

身近な放送文化の影響だろうか、最近では職場の仲間や、友人たちとの会話の中からも、読書に関しての話題が聞けないのは淋しい。若かった頃は、心をときめかせながら、片っ端から読破した東洋、西洋文学の数々、さまざまな書物を友人たちと回し読みしては、議論し、大いに感動を共有し合ったものだったが、まるで遠い昔のことのようである。

読書は、特に日本人の思想の根幹をなす東洋の思想の摂取を中心に、西洋の思想のそれと混然と相まって、豊かな人間形成を育む上で大きく役立っているものと思っている。幅広いバランス感覚、豊富なボキャブラリーの蓄積は、絶え間ない日常の読書なくしては得られない知的財産とも言えよう。

初読当時の感動を思い出すたびに、幾度となく書棚から取り出しては夢中になって読みふけり、夜の更けるのも忘れ、夜明けの冷気にふと気付き、我に返ることが屢々ある。そのような、涙を拭いながら読んだフェイバリットな本が、長い人生の歩みの中には何冊もあるが、そんな一冊に、井上靖作『風濤』がある。

一九六三年十二月上梓される以前の八月、雑誌「群像」に掲載された作品を読んだ時の、戦慄を感じるような感動が、未だに忘れられない記憶として心に焼きついている。

蒙古からの絶え間ない征圧に屈し、降順の意を表す高宗の使者として太子典が、「降表を捧げて江華島を出たのは一二五九年四月二十一日であった。」に始まる高麗国悲哀の歴史は、一二九五年世祖フビライの薨した年まで、延々と続く。

その間高麗国は、一二七四年と八一年の再度に亘って、フビライ野望の日本東征の全てを担わされた。九百隻の軍船の建造、金銀の供出、食糧の供給と、労苦と貧困に喘ぐ国民の血の涙。高麗王高宗と、朝廷を支える従臣達の苦悩、絶望感の中に生きる国民の嘆きの声が切々と伝わってくる文脈のはしばしに、大きな感動と興奮を覚えたものだった。

話は溯るが五年前、鳥取市郊外にある「井上靖文学記念館」を訪ねた。波打際の海辺に沿って青々と続く松原、白い波濤の逆巻く日本海を望む、松林の茂みの中の一隅に記念館は在った。

和洋折衷の落ち着いた十五坪程の書斎は、飾り気こそないが、井上靖の作風を感じさせられるような凛とした佇まいだった。この部屋で、広大なモンゴルから高麗半島を瞑想し、『風濤』をはじめとした歴史小説が次々と執筆されたかと思うと、感無量だった。

そして昨年十月、井上靖が『風濤』執筆のロケハンとして歩いたといわれている、韓国西海岸の仁川広域市「江華島」を訪ねる旅をした。

江華島の歴史は途方もなく古い。我が国、縄文時代の古代史を凌ぐ紀元前三世紀の、豪族達の盛えた証しとして残る世界遺産「コインドル」、現存する世界最古、最大の遺跡を前にすると、韓半島征圧の野望を剥き出しにした世祖フビライの顔が、大きく浮かんでくる。井上靖もきっとこの地に立って、その思いを深く心に刻んだことに違いない。

黄海の水平線の彼方に沈む美しい落日を背景に、高宗の築いた城跡が、悲しげに映えていた。

（宮崎市立図書館会報）

読書の世界

読書の楽しみは、人それぞれのものであるが、醍醐味は何と言っても、見知らぬ世界を駆け巡ったり、恰も登場人物と行動を共にしたりしているような錯覚と共に、臨場感に浸ることができることであろう。

そんな本に出会った時の喜びは、例えようのない心の衝動を感じさせられる。作家や歴史家によって書かれたそれ等を読破すると、その国の人々と文化に、如何にも親しい旧知の間柄を覚える不思議さに出会うものだ。

感動に震えた多くの作品の中から思い出すままに『女帝エカテリーナ』がある。女帝である前に、一人の女性であったエカテリーナ、荘厳であるべき宮廷のなかで繰り広げられた権力と愛の世界、重用されては消えゆく騎士達の運命。

怪僧ラスプーチンさえも、その食指の中に陥い入れられたエカテリーナの辣腕の数々、権勢を恣いままに、帝政ロシアの歴史の中に大きな足跡を残した数々の秘話が、サンクトペテロブルグの宮殿の中にひっそりと眠っている。作品を繙き歴史の足跡を尋ねると、限りなくイマジネーションの世界が広がってゆく。

つい先だって、ふらりと立寄ったデパートの「スーパー書籍市」でのことだ。一万冊以上は優に越すであろう書籍の中から発見した『ビジュアル漢詩 心の旅』全五巻には、身の毛もよだつ思いの心で、手にしたものだった。まるで失った宝物を見つけ出したような感動の瞬間だった。

少年の頃、旧制中学以来親しんだ漢詩の世界、多くの詩人達の中でも、特に好んで愛したのは、「登鸛鵲楼《かんじゃくろう》」王之渙（六八八〜七四二）である。

白日山に依りて尽き
黄河海に入りて流る
千里の目を窮めんと欲し
更に上る一層の楼

黄河の雄大さを描いた五言絶句の傑作である。

この地に一度は訪ね、詩の心を体感したいものと願っていたことが、一挙に解決した思いにさせられた。李白、杜甫をはじめとした、中国の名だたる歴史的詩人たちの世界が、全五巻の中に、ビッシリと描かれていたのだ。

「鸛鵲楼《かんじゃくろう》は黄河を遡ったときに、西から北へ大きく向きを変える、その屈曲真にあった高殿、山西省永済県の西南に位置する。「鸛鵲」はコウノトリ。昔、コウノトリがここに巣をかけたことにちなんで名付けられた。北国時代に建立された最初の楼閣は元代に焼失し、現在の鸛鵲楼《かんじゃくろう》は一九九七年に再建されたものである。」（ビジュアル漢詩心の旅より）

写真で見る王之渙の立像には威厳と英知が漲っており、日頃、敬愛する詩人に相応しい姿に満足したことだった。

書物から受ける恩恵は計り知れないものがある。何歳になっても、心に受けた衝撃的作品は忘れることは出来ない。それがやがて人間の思想の根幹となって生かされてゆく。そして、その枝葉をなすものが、その人の多彩なヴォキャブラリー（語彙）となって日常生活の中で、生き続けてゆくものだ。

読書に興味のない人との会話には、魅力や人間味を感じ取れないことが往々にしてあるものだ。読書をしながら、さまざまな思いを描くと、自分ながらの語彙が生まれてくるから不思議なものである。

（宮崎市立図書館会報）

日韓文化交流と世界最古のコインドルを訪ねて

五年ぶりに韓国第三の都市、仁川市（人口二六〇万人）を訪れた。

訪韓するたびに思うことは、年々急速な発展ぶりに驚かされることだ。

特に二〇〇一年四月に開港した仁川国際空港の偉容はすばらしいものがある。東アジアのハブ空港と位置づけて完成させた仁川国際空港は、韓国がアジアに於ける経済大国の位置づけを世界に誇示した、大きなエポックメーキングであったと思う。

空港を囲んで点在する島々は、紺碧の空の下、白い砂浜は、黄海から打ち寄せる波濤を受けて美しく輝き、訪れる人々を魅了してやまない。多島海に浮かぶ、無人島の小さな島々は、今日では観光開発の手が伸び、韓国全土からレジャー客が殺到する程の有名海水浴場として、また、映画、ドラマの撮影地として点と点を結び、脚光を浴びているのには驚かされた。

映画「シルミド」「悲しい恋のソナタ」、ドラマ「フルハウス」「天国の階段」等々のロケ地として、今や仁川国際空港周辺に浮かぶ小さな島々は、韓国のハリウッド的存在感を人々に与えると同時に、巨大な新しい観光産業へと大きく発展している感じが刻々と肌に伝わってくる。

仁川市は、私が生まれ育ち十七歳まで、多感な少年時代を過ごした第二の故郷。かつて六十年前、家族八人がリュックサック一つの姿で、引揚げ列車と引揚げ船を乗り継いで七日間かかって日本に上陸した記憶が鮮明であるだけに、今日、仁川市と宮崎市が飛行機で九十分で結ばれたこの驚異的現実は、亡き両親や、兄、姉達が在世中夢想だにしなかっただけに、せめて一目でも見せてあげたい思いの境地にかられたことだった。

今回の訪問の第一の目的は、仁川市で開催された第二十五回韓国随筆家協会によるシンポジウム出席。私たちみやざきエッセイスト・クラブの会員が招待され一行と共に出席し、「心の絆」のタイトルで日韓友好の未来図について話し合い、韓国の人々と心

みやざきエッセイスト・クラブとして招待された
韓国随筆家協会シンポジウム

を伝えあい、友情を深めることが出来たのは、エッセイストとして大きな喜びであった。

二番目の目的は二〇〇一年、韓国で四番目の世界文化遺産として指定された江華島北部のなだらかな丘の上に在る、「江華支石墓・コインドル」の見学であった。

紀元前三〇〇〇年頃、青銅器時代に造られた世界最古、世界最大のテーブル型、北方式トルメン、高さ二・六メートル、長さ一・七メートル、幅五・五メートル、蓋の部分の重さ約八〇トンの巨石で、巨大コインドルの重みと、二三〇〇年の歴史の重みが重なり合って、まるで太古の世界にタイムスリップした感じ。ここまでやってきてよかったという満足感に浸りきったことだった。

史蹟としての国の周辺整備が始まったばかりで、博物館の建設を含め、二年後の完成予定とのこと。世界文化遺産としてのパンフレットも出来上がっていない今からという時だっただけに、我々の訪問には現地の人たちも

韓国の世界文化遺産「江華支石墓・コインドル」

少々驚いた様子だった。

「檀君」以来、三国時代、高句麗時代と揺れ動く歴史をくぐり抜け生きてきた江華島の多くの史蹟。イムジンガン（臨津江）を挟んで、南北境界線と対峙する江華島。島の周囲は有刺鉄線が延々と果てしなく続き、平和に生きる姿と裏腹に、戦争の危険と背中合わせの日々。豊かな自然の中に幸せに生きる島民達の喜びと、分断された悲哀とが入り交じっている現実。白いむくげの花に見送られ、静かな平和を祈りながら島を後にしたことだった。

（財界）

韓国今昔紀行

大型連休がゴールデンウィークと呼ばれるようになって随分久しい。

毎年正月が過ぎて二月に入ると、連日のように、ゴールデンウィーク向け海外旅行企画の、新聞広告が次々と目を楽しませてくれる。五ツ星のホテルに泊まって、未知の世界を訪れる旅は庶民にとっては高嶺の花で、到底望めそうでないことはわかっていても、スケジュールを目で追っていると、何時の間にか自分も一緒に参加して、豪華なディナーを堪能したり、その国の歴史を誇る世界遺産の中に佇んでいるような気分にさせられるから、不思議なものである。

特に近年、世界各地を紹介するビジュアル観光雑誌の花ざかりに加えて、テレビによる世界旅めぐり、グルメの旅等々、心をくすぐるメディアの氾濫に目が慣らされているだけに、敏感に反応させられる。

そんな旅への誘惑の季節を迎えた今年の二月、二人の娘から、今度のゴールデンウィークに私達が招待するので、皆で旅行に出掛けようよと、急な話に驚かされた。

独り身での日常生活を案じて、何かと気遣う心情の上に、優しいことば。嬉しい心の動揺となり、さまざまな想いが重なり合って、フラッシュバックしてきたことだった。

娘たちの人生も還暦を過ぎ、ターニングポイントにさしかかった今、ふと立ち止まって、今日迄のことを振り返って見ると、母の晩年の姿が目に浮かんできたのかもしれない。八年前、八年間のきびしい老々介護の末、母を看取り、以来今日迄、日々の供養を疎かにすることなく過ごす父の後ろ姿に、この先、幾許もないであろうこれからの人生の姿が、オーヴァーラップして、想い出づくりと共に、家族の絆の大切さをより一層高めようという、二人の娘の一致した優しい心の表れであろうと、強く心に感じたことであった。

年末年始とゴールデンウィークの日本民族大移動の時期に、家族を伴って未だ旅行など経験したこともない。内心躊躇の気持ちが先走ったが、熟慮の末、娘達の気持ちを有難く受け止めて、出掛けることに決心した。

それからというもの、ああでもないこうでもないと、行先を思案した結果、長女の旦子夫婦が近年強い関心をもって見ている、韓国歴史ドラマの世界に浸る、絶好の機会と捉えて、「韓国世界遺産への旅」と決定した。

日頃、父の生まれ育った戦前の朝鮮時代の話を折にふれて聞かされたり、亡き母が一九七六年に父のルーツを友人と一緒に旅したりしての話に、ひそかな想いをめぐらせていたことであろう。今回は、父の出自の跡を訪ねると同時に、四か所の世界遺産への旅に一同賛同して準備を着々と進めていたことだった。

そのような折も折。思いもかけぬ「三月十一日」。東日本大震災の発生で、次女の邦子は、その日、東京都台東区にある勤務先から北新宿の家まで、五時間かけて徒歩で帰宅するという大困難に遭遇し、すべての交通機関がストップし、大東京は多くの交通難民を生じ、パニックの極限迄追い込まれたことだった。地震、津波、原子力発電所の大事故と、次々に判明する想像を絶する災害に、心が冷たく震えたことが残像となって心に焼きついて離れない。

落ち着いて、いろいろと考えてみると、このような時期に、果たして旅行等しても良いのだろうか?と、心の中で激しく葛藤したことだったが、すでに旅行代理店には「デポジット」を済ませたばかりで、解約もままならず、一抹のうしろめたさの去来する中、決行をしたことだった。

二〇一一年四月二十九日、午後、一片の雲もない「青空の海」の上空から眺める韓半島は、まるで緑のじゅうたんの上を一直線に、糸のように延びる高速道路が、何本も線や弧を画いていて、その途中には、色とりどりのモザイクを敷きつめたような、都市を形どる発展的な姿が象徴的だった。仁川空港から、干潟の上を走る高速道路。初めて見る景色を過ぎて、ソウル郊外の林立する高層住宅街に入ると、整備された緑地帯には桜並木が続き、満開の花が到る処で咲き乱れていて、我々一行を歓迎してくれているようで、待望の国の印象を強く意識づけられたことだった。

韓国には世界文化遺産は七か所の登録があるが、今回、ソウル市内に在る「昌徳宮」（チャンドクン）同じくソウル市内に在る「宗廟」（チョンミョ）、ソウル市より南五十キロの水原市、「水原華城」（スウォン・フォアスン）そしてソウル市より西、江華島（カンファド）の江華支石墓（カンファチソンミョ）の四つの遺跡を巡ることにした。

ソウル市での宿泊は、憧れの五ツ星ホテル「ロッテホテル」に三連泊。チェックイン、緊張を解きほぐす間もなく、夕食の韓国伝統韓定食をじっくりと味わった。地酒マッコリを飲みながら次々と運ばれてくる伝統料理は、素朴な中にも上品で、上流社会の雰囲気の漂う豪華な味わい深いものだった。

翌朝、ホテルの朝食バイキングには、少々のことには驚かない東京の二女邦子をはじめ一同大喜び。帝国ホテルや、東京の一流ホテルの料理を凌駕するような豊富な種類と見栄えのする演出の料理には大満足。

観光一日目は出迎えのバスで、一路高速道路を約一時間江華島へと向かった。

井上靖の小説『風濤』の主人公、高麗王「高宗」が蒙古王、フビライによって、ソウルの都を追われ遷都して後、不遇な最後をとげた悲しみの歴史を秘めた島として、広く知られている。

　この島の世界最古で最大と言われている江華支石墓は、韓半島中西部の都市「高敞」（コチャン）、「和順」（ファスン）の支石墓群と並んで、二〇〇〇年十二月に世界遺産に登録され、世界最大規模の支石墓文化として世界の注目を浴びている。豪族たちが統治した、気が遠くなるような時代が蘇ってくる。

　二つの巨大な地上高さ二メートルの支柱石の上に、テーブル状に載る長さ六・四メートル、幅五・五メートル、厚さ一メートル以上、重さ八十三トンの天井石をどのような技術で上に載せたのか、紀元前三〇〇〇年の歴史は、口を閉ざして語ることはない。世界の考古学者が注目する理由がよくわかる気がする。日本の遺跡にはない文化へのふれあいに感動させられた。

　そして、途中海兵隊の検問所を通り、丘の上にある軍事施設「江華平和展望台」を訪ねた。

2006年に行われた「日韓文化交流会議 in 宮崎」における歓迎のあいさつ

丘の頂上にある近代的五階建ての展望台から真下に眺める漢江は、河幅二・三キロ、真中は三十八度線、北朝鮮との軍事境界線である。その右前方約十五キロ先にある開城（ケソン）工業団地が、手に取るように見える。分断された国家の姿を現実に見て、悲哀を感じさせられると同時に、軍の管理による警戒施設を国内外の観光客に開放して、緊迫した三十八度線を眼下に、平和統一をアピールする姿には、感動させられた。

　世界遺産めぐり二日目は、最初にソウル市内に在る「宗廟」（チョンミョ）と「昌徳宮」（チャンドクン）を訪ねた。

　宗廟は韓国にある最古の儒教による王立廟である。李氏朝鮮王朝の大祖が一三九四年に建設し、歴代の王、王妃を祀る正殿をはじめ、功臣を祀る功臣堂等、時代を反映した建造物の美しいたたずまいが印象的であった。

　極東の宮殿建築の傑作といわれている昌徳宮は、一四〇五年に李朝太宗が造営したもので皇帝の正宮であった多くの建造物と共に、比類のない美しさが周囲の自然と見事に調和して、韓国宮廷ドラマの一シーンを見ている感じで心をときめかせたことだった。

　十四世紀から十五世紀にかけての朝鮮王朝の権威を象徴づけるこれらの建造物は、当時の文化を伝える貴重な遺産として、心を打たれたことだった。

　次に私達一行は、ソウル市内から約五十キロ程南の都市、水原（スウォン）に向かった。周囲を山に囲まれた古来の要衝の地に、十八世紀後半に正祖は水原に遷都した時、離宮の華城（フォアスン）を造営し、城塞として守らせたといわれている。当時、最新の内外の軍事建造技術を用いて建造された城壁は五・二キロに及び城内には、多くの楼閣が配置され、五十か所の施設物が各々の固有な美しさで往時を振り返らせてくれる。

まるで、戦国時代の激しい権謀術数の交錯する宮廷ドラマの渦中に居るような思いで、十分にその想いを果たすことが出来た。

去り難い思いを残しながら水原華城を後にしたバスは、輻輳する高速道路を通過して、仁川広域市松島（インチョンソンド）にある「仁川上陸作戦記念館」に到着した。一九五〇年九月十五日、マッカーサー元帥率いる国連軍機動部隊が仁川に逆上陸を行い、北朝鮮軍を撃破し、首都ソウル市を奪還し朝鮮戦争を劇的な勝利に導いたことを記念して、二万五千平方メートルの敷地に、「自由守護の塔」をはじめ野外展示場には上陸作戦に使用されたF－86F戦闘機、上陸用舟艇等が展示され、館内には作戦の生々しい当時の韓半島が戦火に蹂躙された様子が紹介されている。

小高い丘の敷地から海を望むと、遠くの海上を横切って美しいアーチ状に延びる仁川大橋を遠望して驚かされた。東北アジアの中心都市を目指す仁川国際都市と仁川国際空港を結ぶ、世界で七番目の長さ。総延長二十一・三八キロ。

折角の機会なので往復してみた。一九〇四年二月八日、仁川大橋の中央付近の海上で、ロシアの軍艦ワリヤーク号とコレーツ号の二隻と日本の軍艦千代田が砲火を交え、二隻を撃沈させた、日露戦争勃発の歴史の場所であることが脳裏に閃いた。

百十年の歴史を尻目にもかけず、世界に向かって発展し続ける「仁川」。出自の跡は、あとかたもなくほんのひとかけらしか見ることが出来なかったが、戦後六十六年、韓国のめざましい発展の姿を娘達に見せることが出来たのは嬉しかった。

父の出自の跡を知る旅に出て、新たな父親の側面を肌で感じたであろう数々の思い出を大切に、心豊かな人生を歩んで欲しいもの。そして子どもや孫達の好意に甘んずることなく、自律の精神を高め、残された生涯、男の美学を追求し生き続けたいものである。

（エッセイスト・クラブ作品集16　２０１１年）

伊野啓三郎エッセイの足跡（収録作品初出一覧）

【宮崎日日新聞「読者論壇」連載】（1993年10月～15年1月）

受益者負担を考える　1993年10月7日付
もうすぐ神武さま　1993年10月20日付
「ツィター」の思い出　1993年11月6日付
知の難きにあらず…　1993年11月13日付
サム・クックへの追想　1993年12月4日付
幸運を招く「ピエロ」　1993年12月19日付
花・人・心　1994年3月7日付
伝説、鹿野田氷室の里　1994年4月13日付
ネネと海亀との出合い　1994年5月14日付
明日に架ける橋　1994年6月3日付
黎明の歓喜　1994年12月31日付
ラヴ・ミー・テンダー　1995年1月7日付

【宮崎日日新聞「地域発信」連載】（1996年1月～97年4月）

初春を寿ぐ松竹梅　1996年1月1日付
魅惑のツィター演奏　1997年1月18日付
管鮑の交わり　1997年6月1日付
鸛鵲楼に登る……　1998年1月4日付
世界の目が綾町へ　1998年4月16日付

【みやざきエッセイスト・クラブ作品集発表】（1997年11月～2015年11月）

チャッピー　愛ある別れ（原題「愛ある別れ」）　作品集2「猫の味見」1997年
やぶ椿（原題「花・人・心」）　作品集3「風の手枕」1998年

明日への祈り　作品集4「赤トンボの微笑」1999年
愛・ひととき　作品集5「案山子のコーラス」2000年
風のシルエット　作品集6「風のシルエット」2001年
風のささやき　作品集7「月夜のマント」2002年
コズミック　ブルースに抱かれて　作品集8「時のうつし絵」2003年
廻り灯籠（原題「冥府からの里帰り」）　作品集9「夢のかたち」2004年
マイ・ブルー・ヘヴン　作品集10「河童のくしゃみ」2005年
心のふるさと　作品集11「アンパンの唄」2006年
朝の天使　作品集12「クレオパトラの涙」2007年
鸛鵲楼に登る―タモッちゃんへの想い　作品集13「カタツムリのおみまい」2008年
江戸文化、ヴェネツィアでの開花　作品集14「エッセイの神様」2009年
パーソナリティ二十五年（原題「愛の残り火」）　作品集15「さよならは云わない」2010年
韓国今昔紀行　作品集16「フェニックスよ永遠に」2011年
天使のハンマー　作品集17「雲の上の散歩」2012年
天からのご褒美　作品集17「雲の上の散歩」2012年
詩情の季節　作品集18「真夏の夜に見る夢は」2013年
光陰流水（その一）　作品集19「心のメモ帳」2014年
光陰流水（その二）　作品集20「夢のカケ・ラ」2015年

【各誌紙連載】（2010年～）

日韓文化交流と世界最古のコインドルを訪ねて　「財界」
『風濤』読書の醍醐味　「宮崎市立図書館会報」
読書の世界　「宮崎市立図書館会報」
感性に訴える活性化への試み　「財界」
洋楽三昧六十余年―ラジオで、リスナーと共に―　「音楽文化の創造」
伝統楽器から現代前衛楽器へ　「村上三絃道」
高麗史への回想　（未発表）

あとがき

昨年晩秋のある夜、パーティーの席でご一緒した鉱脈社社長の川口敦己氏から、「今まで発表された、多くのエッセイを纏めてみては如何ですか、そしてご自身の人生記録として残すべきだと思いますが」とのお話を頂いた。「自分が責任を持って編集しますよ、伊野さんのエッセイをこのまま埋もらせておくのは、何だか無責任に感じるんですよ！」という熱いお言葉に、大きく心が傾いたことだった。

エッセイに関心を持つ素地を振り返ると、それは少年時代にさかのぼる。旧朝鮮仁川中学校に在学中の頃は、すばらしい読書の環境に恵まれていた。

学校は東西を山で挟まれた盆地の中に在った。（今日も総ての環境が現存する）西の斜面にはアカシアの木が無数に自生していて、晩春から初夏にかけては白い大きな房状の花から甘くふくよかな香りが地面を覆うように伝わってくる、そんななか、若葉の上に寝そべって、友人と一緒に夢中になって読書にのめり込んでいたものだった。

ドストエフスキー、ニーチェ、島崎藤村、西田幾多郎、倉田百三等々、なかでも「若きヴェルテルの悩み」「破戒」「愛と認識との出発」とひきもきらない感動のなか、時の経つのも忘れて読み漁ったことは忘れられない思い出となって残っている。

戦後、故郷天草への引揚げ、宮崎市への移住、そのようななかで職を経て、広告代理店の職を得たのが一九五九年一月、折しもメディアは、ラジオからテレビへと目まぐるしく移り、広告代理店の盛衰は、クリエイティブセイリングの優劣にかかっていた。

爾来、広告主へのアプローチ、企画書の作成、コマーシャル展開に対するプレゼンテーション等々、業務にしのぎをけずる思いで研鑽し、そのような過程のなかから、多くの経済人、有力者の方々から並々ならぬ知遇を受けて、五十五年間仕事に喜びを感じ、携わってきた。

その延長線上に、今日があるものと、改めて感謝の思いでいっぱいである。

そして、それら生活の中から、自身にまつわる様々な思いを折にふれ表したものを集積したものが、今回の『花 人 心』である。

その後、話はトントン拍子に進み、瞬く間に刊行の運びとなり、ご尽力頂いた鉱脈社川口敦己社長をはじめ関係者の皆様には心から感謝申し上げたい。

顧《かえり》みると、宮崎日日新聞紙面及び音楽雑誌掲載、寄稿の機会を与えていただいた宮崎日日新聞社川越健雄氏（故人）、萩原慶彦氏、阿部行雄氏、富山大学元教授森田信一氏、みやざきエッセイスト・クラブ入会を勧めていただいた初代会長の渡辺綱纜氏、宮崎放送ラジオパーソナリティ起用を図っていただいた元社長井口直久氏、同常務黒木勇三氏（故人）、現会長春山豪志氏、在京経済誌「財界」社長村田博文氏、同社芝原公孝氏等、多くの方々の支えの上で、このエッセイ集は成り立っているものと、深い感謝の心を捧げるものであります。

そして亡き妻美智子へ、亡き両親兄姉たちの霊前へ、広島市と宮崎市に元気で暮らす弟二人へ刊行に至った喜びを伝えたい。

物心両面で日常の生活を支えてくれている二人の娘夫婦、小坂・松木両家の孫たち、題字を書いてくれた娘且子、皆に感謝したい。

渡辺綱纜氏と娘の邦子と。東京新宿「綱八」にて

最後に本書の刊行にあたり丁重過分な序文を頂いた、宮崎県芸術文化協会会長渡辺綱纜氏、詩壇の芥川賞と称されるH氏賞受賞詩人、杉谷昭人氏、表紙及び挿絵を画いていただいた宮崎県総合美術展・宮日総合美術展特選受賞作家、女流画家協会会友の毛利睦子氏、三氏に対

し心よりの感謝を申し上げ、ご尽力いただいた方々へのお礼のご挨拶とさせていただきます。

二〇一六年二月十日

伊野　啓三郎

〈追記〉

一九四六年二月十日、七十年前の今日、引揚船輿安丸にて夢に見た日本上陸（山口県仙崎市仙崎港）を果たした奇しくも記念の日、遥かなる日への思いを巡らせながら。

[著者プロフィール]

伊野 啓三郎（いの けいざぶろう）

1929年　朝鮮仁川府（現・韓国仁川市）に生まれる。
故郷の熊本県天草町に戦後引揚げ、その後、宮崎市に移住。

1959年に文化宣伝社に入社、1969年、株式会社文宣創立に参画し、1986年から14年同社代表取締役社長。現在、同社監査役。1977年より、宮崎商工会議所役員議員として36年間、地域づくり等にも関わる。

1984年よりＭＲＴラジオ「アンクルマイクとナンシーさん」のパーソナリティを務め、現在も出演中。2011年には第７回日本放送文化大賞・九州沖縄地区審査会サウンド賞を受賞。

1993 ～ 98年　宮崎日日新聞コラム欄執筆。

1997年より、みやざきエッセイスト・クラブ会員。
2016年より、日本エッセイスト・クラブ会員。

現住所　宮崎市恒久南３丁目６番地９　TEL. 0985-51-1068

エッセイ集

花人心

二〇一六年二月十六日　初版印刷
二〇一六年二月二十四日　初版発行

著　者　伊野啓三郎 ©
発行者　川口敦己
発行所　鉱　脈　社
〒八八〇－八五五一
宮崎市田代町二六三番地
電話　〇九八五－二五－一七五八
郵便振替　〇二〇七〇－七－二三六七

印刷所　有限会社 鉱 脈 社
製本所　日宝綜合製本株式会社